Un bref instant
de romantisme

Miranda JULY

Un bref instant de romantisme

ROMAN

Traduit de l'américain
par Nicolas Richard

J'AI LU

NOUVELLE
GENERATION

Titre original
NO ONE BELONGS HERE MORE THAN YOU

Éditeur original
Scribner

© Miranda July, 2007

Pour la traduction française
© Flammarion, 2008

Pour Julia Bryan-Wilson

Le patio commun

Ça compte malgré tout, même si cela s'est passé alors qu'il était inconscient. Ça compte doublement parce que l'esprit conscient commet souvent des erreurs, choisit la mauvaise personne. Mais là, tout au fond du puits, où il n'y a qu'une eau vieille de mille ans et pas de lumière, un homme n'a aucune raison de commettre des erreurs. Dieu dit fais-le et vous le faites. Aime-la, et il en est ainsi. Lui, c'est mon voisin. Il est d'origine coréenne. Il s'appelle Vincent Chang. Il ne pratique pas le hapkido. Quand vous prononcez le mot « coréen », il y a des gens qui pensent automatiquement au grand maître Kim Jin Pal, le professeur sud-coréen de hapkido de Jackie Chan ; moi, je pense à Vincent.

Quelle est la chose la plus terrifiante qui vous soit jamais arrivée ? Y avait-il une voiture dans l'histoire ? Était-ce en bateau ? Un animal en est-il responsable ? Si vous avez répondu oui à l'une au moins de ces questions, alors je ne suis pas étonnée. Les accidents de voiture ça existe, il arrive que des bateaux coulent, et les animaux fichent la trouille, c'est tout. Facilitez-vous la vie, ne vous en approchez pas.

Vincent a une femme qui s'appelle Helena. Elle est grecque et a les cheveux blonds. Ils sont décolorés. Je m'apprêtais à être polie, je n'allais pas mentionner qu'elle se décolore les cheveux, mais vraiment, je pense que ça lui est égal que les gens soient au courant. En fait, je pense qu'elle a opté pour le look décoloré, avec les racines visibles. Et si elle et moi étions des amies proches ? Si je lui avais emprunté des vêtements et qu'elle m'avait dit : Ils te vont mieux qu'à moi, tu devrais les garder ? Et si elle m'avait appelée en larmes, et que j'étais venue chez elle pour l'apaiser dans la cuisine, et que Vincent avait essayé d'entrer dans la cuisine, et que nous lui avions dit : N'entre pas, c'est une discussion entre filles ! ? J'ai vu un truc dans le genre à la télé ; deux femmes parlaient d'une petite culotte volée, un homme arrivait, et elles lui disaient : N'entre pas, c'est une discussion entre filles ! Une des raisons qui fait qu'Helena et moi ne serons jamais des amies proches c'est que je suis à peu près moitié moins grande qu'elle. On a tendance à fréquenter des gens qui ont sensiblement la même taille que nous, c'est plus facile pour la nuque. À moins d'être amoureux, auquel cas la différence de taille est sexy. Elle signifie : je suis prêt à faire cet effort pour toi.

Si vous êtes triste, demandez-vous pourquoi vous êtes triste. Ensuite, décrochez le téléphone, appelez quelqu'un et donnez-lui la réponse à la question. Si vous ne connaissez personne, appelez l'opératrice ou l'opérateur et dites-le-lui. La plupart des gens ignorent que l'opératrice – ou l'opérateur – est obligé(e) d'écou-

ter. Le postier aussi. Il n'a pas le droit d'entrer chez vous, mais vous pouvez lui parler dans un espace public pendant une durée n'excédant pas quatre minutes, ou jusqu'à ce qu'il veuille s'en aller, selon le cas de figure qui se présente en premier.

*

Vincent était dans le patio commun. Je vais vous parler de ce patio. Plusieurs locataires y ont accès. En le regardant, on se dit que c'est le patio d'Helena et Vincent, parce que leur porte de derrière donne directement dessus. Mais quand j'ai emménagé, le propriétaire a dit que le patio était aussi bien pour les locataires du rez-de-chaussée que pour les autres. Moi, j'habite à l'étage. Il a dit : N'hésitez pas à vous en servir, ne soyez pas timide, parce que vous payez le même loyer qu'eux. Je ne suis pas sûre qu'il ait dit la même chose à Vincent et Helena. J'ai essayé à plusieurs reprises de montrer que moi aussi j'avais le droit d'y aller, en y laissant des objets qui m'appartenaient, comme mes chaussures, et une fois une de ces banderoles qu'on exhibe à Pâques. J'essaye aussi de passer exactement autant de temps qu'eux dans le patio. Comme ça, je suis sûre que c'est équitable. À chaque fois que je les y vois, je fais un petit trait sur mon calendrier. La fois d'après, dès que le patio est libre, je m'y installe. Ensuite, je barre le trait. Parfois, je me décale, je prends du retard et, vers la fin du mois, je suis obligée d'y rester beaucoup pour rétablir l'équilibre.

Vincent était dans le patio commun. Je vais vous parler de Vincent. C'est un bel exemple d'Homme Nouveau. Vous avez peut-être lu l'article sur les Hommes Nouveaux dans le magazine *True*, le mois dernier. Les Hommes Nouveaux sont plus à l'écoute de leurs sentiments que les femmes elles-mêmes, et les Hommes Nouveaux pleurent. Les Hommes Nouveaux veulent avoir des enfants, ils désirent accoucher, donc parfois, quand ils pleurent, c'est parce que cela leur est impossible ; c'est juste qu'il n'y a pas d'endroit pour faire sortir un bébé. Les Hommes Nouveaux n'arrêtent pas de donner, ils donnent, ils donnent. Vincent est comme ça. Une fois je l'ai vu faire un massage à Helena dans le patio commun. Ce qui est assez ironique, car c'est Vincent qui a besoin de se faire masser. Il est atteint d'une forme légère d'épilepsie. Mon propriétaire me l'a dit quand j'ai emménagé, par précaution, pour raison de sécurité. Les Hommes Nouveaux sont souvent un peu fragiles, et aussi le métier de Vincent c'est directeur artistique, et ça, c'est très Homme Nouveau. Il me l'a dit un jour qu'on sortait du bâtiment tous les deux au même moment. Il est le directeur artistique du magazine *Punt*. Voilà une drôle de coïncidence, car moi je suis chef de fabrication chez un imprimeur, or il nous arrive d'imprimer des magazines. Nous n'imprimons pas *Punt*, mais nous imprimons un magazine dont le nom est similaire, *Positive*. En fait, c'est plutôt une lettre d'information destinée aux gens qui sont séropositifs.

Êtes-vous en colère ? Tapez sur un oreiller. Ça vous a fait du bien ? Pas vraiment ? De nos jours, les gens sont trop en colère pour donner des coups de poing. Ce que vous pourriez essayer, c'est les coups de poignard. Vous prenez un vieil oreiller, que vous disposez sur la pelouse, devant la maison. Vous y allez avec un couteau bien pointu, et vous remettez ça, encore et

12

encore. Enfoncez bien la lame, qu'elle pénètre dans la terre. Poignardez jusqu'à ce qu'il n'y ait plus d'oreiller, donnez vos coups de couteau dans la terre, poignardez comme si vous vouliez tuer la terre parce qu'elle continue de tourner, vous vous vengez d'avoir à vivre sur cette planète chaque jour, seul.

*

Vincent était dans le patio commun. Moi j'étais déjà en retard sur mon plan d'occupation du patio, alors ça m'a un peu chagrinée de le voir là en fin de mois. Puis j'ai eu une idée ; je pouvais m'y asseoir avec lui. J'ai mis un bermuda, de la crème solaire et des lunettes de soleil. On avait beau être en octobre, je me sentais encore d'humeur estivale ; j'avais en tête une scène estivale. Sauf qu'en vrai il y avait pas mal de vent et j'ai été obligée de remonter en courant me chercher un pull. Quelques minutes plus tard, je suis retournée chercher un pantalon. Finalement, je me suis installée sur une chaise de jardin, à côté de Vincent, dans le patio commun, et j'ai regardé la crème solaire imbiber le tissu de mon pantalon kaki. Il a dit qu'il avait toujours aimé l'odeur de la crème solaire. C'était une manière tout à fait habile de faire savoir qu'il comprenait ma situation. Habile, tel est l'Homme Nouveau. Je lui ai demandé comment ça se passait à *Punt*, et il m'a raconté une histoire amusante de faute de typo. Comme nous sommes dans la même branche, il n'a pas eu à m'expliquer que « typo » est l'abréviation de « typographie ». Si Helena était arrivée, il aurait fallu qu'il cesse d'utiliser notre jargon technique, de manière à ce qu'elle puisse nous comprendre, mais elle n'est pas sortie car elle était encore au travail.

Elle est assistante médicale, ce qui signifie peut-être infirmière, mais pas sûr.

J'ai posé d'autres questions à Vincent, et ses réponses sont devenues de plus en plus longues, jusqu'à ce que je n'aie plus à demander, et qu'il pérore tout seul. Cela était inattendu, comme de se retrouver soudain au travail le week-end. Qu'est-ce que je faisais ici ? Où étaient mes Vacances romaines ? Mon Américain à Paris ? Les choses continuaient comme d'habitude, identiques, un Américain en Amérique. Il a fini par s'interrompre, il a contemplé le ciel en plissant les yeux et j'ai cru deviner qu'il était en train de me préparer la question idéale, une question fabuleuse qui m'obligerait à donner le meilleur de moi-même, à puiser dans tout ce que je savais de moi, de la mythologie et de cette terre noire. Il ne s'était interrompu que pour souligner son propos, à savoir que le visuel de couverture en fait ce n'était pas de sa faute, et c'est ensuite, enfin, qu'il m'a demandé quelque chose ; il m'a demandé si je pensais que c'était de sa faute, bon, euh, compte tenu de tout ce qu'il venait de me dire. J'ai contemplé le ciel, juste pour voir l'effet. J'ai fait mine de marquer un temps d'arrêt avant de lui dire la sensation secrète de joie que je cache dans ma poitrine, j'ai attendu, attendu, attendu que quelqu'un remarque que je me lève chaque matin, apparemment sans but précis, mais je me lève, et c'est uniquement pour cette joie secrète, l'amour de Dieu, dans ma poitrine. J'ai baissé la tête pour plonger dans ses yeux et j'ai dit : Ce n'était pas de votre faute. Je lui ai pardonné pour la couverture et pour tout le reste. Pour le fait qu'il n'était pas encore un Homme Nouveau. Puis nous nous sommes tus ; il ne m'a pas posé d'autres questions. J'étais toujours contente d'être assise là, à côté de lui, mais uniquement parce que mon niveau d'exigence vis-à-vis de la plupart des gens est très, très bas, et que maintenant il était devenu La Plupart Des Gens.

Puis il est parti en avant. D'un mouvement soudain, il s'est penché en avant, à un angle inhumain, et il est resté comme ça. Ce n'était pas le comportement de La Plupart Des Gens, ni des Hommes Nouveaux ; c'était peut-être un truc de vieillard, ou d'homme d'un certain âge. J'ai dit : Vincent. Vincent. J'ai crié : Vincent Chang ! Mais il était juste penché en avant, le torse pratiquement sur les genoux. Je me suis agenouillée et je l'ai regardé dans les yeux. Ils étaient ouverts, mais fermés comme un magasin fermé, fantomatique, avec toutes les lumières éteintes. Maintenant que toutes les lumières étaient éteintes, je voyais à quel point il avait été lumineux, l'instant d'avant, en dépit de son égocentrisme. Et j'ai soudain réalisé que le magazine *True* s'était peut-être trompé. Peut-être que les Hommes Nouveaux n'existent pas. Il n'existe peut-être que les vivants et les morts, et tous les vivants se méritent les uns les autres et se valent. Je l'ai redressé en prenant appui sur ses épaules, de façon à ce qu'il soit de nouveau droit sur sa chaise. Je ne connaissais rien à l'épilepsie, mais j'avais imaginé plus de tremblements. J'ai écarté les cheveux de son visage. J'ai placé la main sous son nez et j'ai senti des respirations douces et régulières. J'ai posé mes lèvres contre son oreille et j'ai répété en murmurant : Ce n'est pas de votre faute. C'était peut-être la seule chose que j'avais jamais voulu dire à quelqu'un, la seule chose que j'avais jamais voulu qu'on me dise.

J'ai rapproché ma chaise et posé ma tête contre son épaule. Et j'avais beau avoir vraiment peur de cette crise d'épilepsie dont je devais m'occuper, j'ai dormi. Pourquoi ai-je fait un truc aussi dangereux et déplacé ? J'aimerais penser que je ne l'ai pas fait, que je l'ai subi, au contraire. J'ai dormi et rêvé que Vincent remontait lentement les mains sous ma chemise tandis que nous nous embrassions. Je voyais bien que mes seins étaient petits, vu la manière dont ses mains se recroquevillaient. Des seins plus gros ne l'auraient pas obligé à incurver la paume à un angle si aigu. Il avait les mains dessus comme s'il en avait eu envie depuis longtemps, et soudain, j'ai vu les choses telles qu'elles étaient vraiment. Il m'aimait. C'était quelqu'un de complexe, avec de nombreuses strates d'émotions qui remontaient à la surface, certaines spirituelles, certaines torturées de manière plus séculière, et il brûlait d'amour pour moi. Cet être ardent comme une flamme compliquée était à moi. J'ai tenu sa tête chaude et je lui ai posé la question difficile.

Et Helena, dans tout ça ?

Pas de problème, parce qu'elle exerce une profession médicale. Ils sont obligés d'accorder la priorité absolue à la santé.

Exact, le serment d'Hippocrate.

Elle va être triste, mais elle ne nous embêtera pas, puisqu'il y a ce serment.

Est-ce que tu vas monter toutes tes affaires chez moi ?

Non, il faut que je continue à vivre avec Helena, en raison des vœux qu'on a prononcés.

Des vœux ? Et le serment, alors ?

Ça va aller. Tout cela n'est rien, comparé à notre histoire.

L'as-tu un jour vraiment aimée ?

Pas vraiment, non.

16

Mais moi ?

Oui.

Malgré mes œufs au plat ?

Qu'est-ce que tu racontes, tu es parfaite.

Tu arrives à voir que je suis parfaite ?

Dans tout ce que tu fais. Je t'observe quand tu mets ton derrière au-dessus de la baignoire pour le laver, avant d'aller te coucher.

Tu peux me voir quand je fais ça ?

Chaque soir.

C'est juste au cas où.

Je sais. Mais personne ne te pénétrera jamais pendant ton sommeil.

Comment peux-tu promettre ça ?

Parce que je t'observe.

Je pensais qu'il faudrait que j'attende de mourir pour vivre ça.

À partir de maintenant, je suis à toi.

Quoi qu'il arrive ? Même quand tu seras avec Helena et que moi je serai juste la petite dame du premier, je serai quand même à toi ?

Oui, c'est une certitude entre nous, même si nous n'en reparlons jamais.

Je n'arrive pas à croire que c'est vraiment en train d'arriver.

Ensuite, Helena a été là, elle nous a secoués tous les deux. Mais Vincent a continué de dormir, et je me suis demandé s'il était mort et, si oui, s'il avait dit les choses du rêve avant de s'éteindre ou après, et quelle option était la plus authentique. Aussi, étais-je une criminelle ? Allais-je me faire arrêter pour non-assistance à personne en danger ? J'ai levé la tête, j'ai vu Helena, dans sa tenue d'assistante médicale, elle était en pleine action. Toute cette agitation m'a donné le vertige ; j'ai refermé les yeux et j'étais sur le point de retourner à mon rêve quand Helena s'est écriée : Quand est-ce que la crise a commencé ? Et : Pourquoi dormiez-vous, bordel ? Mais elle examinait son mari avec un panache très professionnel, et la fois d'après, lorsqu'elle m'a regardée, j'ai su que je n'aurais pas à répondre à ces questions parce qu'en un sens, j'étais devenue son assistante, l'assistante de l'assistante médicale. Elle m'a dit de courir chez eux chercher un sac en plastique qui se trouvait sur le dessus du réfrigérateur. J'ai été soulagée de pouvoir me précipiter à l'intérieur, et j'ai refermé la porte.

Leur appartement était très calme. J'ai traversé la cuisine sur la pointe des pieds, posé la figure contre le congélateur et inspiré les odeurs complexes de leur vie. Ils avaient des photos d'enfants sur leur réfrigérateur. Ils avaient des amis, et ces amis avaient donné naissance à davantage d'amis. Je n'avais jamais rien vu d'aussi intime que les photos de ces enfants. Je voulais tendre la main pour attraper le sac en plastique qui se trouvait sur le dessus du réfrigérateur, mais je voulais aussi regarder chaque enfant. L'un d'eux s'appelait Trevor, et son goûter d'anniversaire avait lieu ce samedi. *S'il te plaît, viens !* C'est ce qui était marqué sur le carton d'invitation. *On va rigoler comme des baleines !* et il y avait une photo de baleine. C'était une vraie baleine, la photographie d'une vraie baleine. J'ai regardé l'œil minuscule, empreint de sagesse, et me suis demandé où était cet œil à présent. Était-il vivant, en train de nager, était-il mort depuis longtemps, ou était-il en train de mourir à l'instant, précisément à cette seconde ? Quand une baleine meurt, elle commence par couler lentement dans l'océan, pendant à peu près une journée. Tous les poissons la voient descendre, comme une statue géante, comme un bâtiment, mais lentement, lentement. J'ai concentré mon attention sur l'œil ; j'ai essayé d'atteindre l'intérieur pour entrer en contact avec la vraie baleine, la baleine qui était en train de mourir, et j'ai chuchoté : Ce n'est pas de ta faute.

Helena a frappé à la porte de derrière. Elle a brièvement pressé ses seins contre mon dos en tendant les bras pour attraper le sac, puis elle est ressortie en courant. Je me suis retournée pour l'observer par la fenêtre. Elle faisait une piqûre à Vincent. Il revenait à lui. Elle embrassait Vincent, et il se frictionnait la nuque. Je me suis demandé de quoi il se souvenait. Elle était maintenant assise sur ses genoux, elle avait les bras enroulés autour de sa tête. Quand je suis passée devant eux, ils ne m'ont même pas accordé un regard.

Ce qui est intéressant dans *Positive*, c'est que la séropositivité n'est jamais mentionnée. Sans les publicités – Retrovir, Sustiva, Viramune –, on pourrait penser qu'il s'agit d'une revue sur le fait de rester positif, autrement dit jovial. Voilà pourquoi c'est mon magazine préféré. Tous les autres vous soutiennent que vous êtes complètement OK, ce qui a pour unique résultat de vous mettre K.-O., mais les éditeurs de *Positive* comprennent que vous avez déjà été mis K.-O., et pas qu'une fois, et qu'au point où vous en êtes, vous n'avez pas besoin d'échouer au grand jeu-test intitulé « Êtes-vous sexy ou seulement bof-bof ? » *Positive* propose des conseils pour aider à se sentir mieux, un peu comme la rubrique « Les trucs d'Heloise » du *Washington Post*. Ça paraît facile à rédiger, mais c'est l'illusion qu'on a toujours, avec les bons conseils. Le sens commun et la vérité ne devraient pas avoir besoin d'auteurs, on devrait avoir l'impression que c'est le temps lui-même qui les a rédigés. À vrai dire, il est difficile d'écrire quelque chose qui fera du bien à une personne en phase terminale. Et *Positive* a des règles, on ne peut pas se contenter de chiper des conseils à droite à gauche, dans la Bible ou dans un livre sur le zen ; ils veulent du matériau original. Jusqu'à maintenant, aucun des petits textes que j'ai envoyés n'a été retenu, mais je pense que je suis tout près.

La vie vous laisse dubitatif ? Vous n'êtes pas sûr qu'elle vaille la peine d'être vécue ? Regardez le ciel : c'est pour vous. Regardez le visage de chaque personne croisée dans la rue : ces visages sont pour vous. Et la rue elle-même, et la terre sous la rue, et la boule de feu sous la terre : toutes ces choses sont pour vous. Elles sont autant pour vous qu'elles sont pour les autres. Pensez-y quand vous vous réveillez le matin, persuadé que vous n'avez rien. Levez-vous et tournez-vous vers l'est. Maintenant louez le ciel et louez la lumière qu'il y a en chaque personne sous le ciel. Ce n'est pas grave d'être dans l'incertitude. Mais louez, louez, louez.

L'équipe de natation

Voici l'histoire que je ne voulais pas te raconter à l'époque où j'étais ta petite amie. Tu n'arrêtais pas de demander, tu insistais, et tu t'imaginais des choses tellement crues, tellement précises. Ai-je été une femme entretenue ? Est-ce que Belvedere était comme le Nevada, où la prostitution est autorisée ? Ai-je été toute nue pendant une année entière ? La réalité a commencé à paraître dépourvue d'intérêt. Avec le temps, je me suis rendu compte que si la vérité semblait vide, alors je n'allais sans doute pas rester ta petite amie très longtemps.

*

Je n'avais pas voulu habiter à Belvedere, mais je ne supportais pas l'idée de demander de l'argent à mes parents pour déménager. Chaque matin j'éprouvais un choc en me rappelant que j'habitais toute seule dans cette ville tellement petite que ce n'en était même pas une. Juste des maisons, près d'une station-service et, un kilomètre et demi plus loin, sur la route, un magasin, et voilà tout. Je n'avais pas de voiture, pas de téléphone, j'avais vingt-deux ans, et j'écrivais toutes les semaines à mes parents pour leur raconter que je travaillais dans le cadre d'un programme qui s'appelait L.I.R.E. Nous faisions la lecture à des jeunes en difficulté. C'était un programme pilote financé par l'État. Je n'ai jamais décidé à quoi correspondaient les quatre lettres de L.I.R.E., mais à chaque fois que j'écrivais « programme pilote » je m'émerveillais presque de ma propre capacité à inventer des expressions pareilles. « Intervention préventive » n'était pas mal non plus.

Cette histoire ne sera pas très longue, parce que le plus étonnant à propos de cette année-là, c'est qu'il ne s'est quasiment rien passé. Les citoyens de Belvedere pensaient que je m'appelais Maria. Je n'ai jamais dit que je m'appelais Maria, je ne sais plus comment ça a démarré ; toujours est-il qu'à un moment donné, je n'ai pas eu la force de révéler aux trois personnes mon vrai nom. Ces trois personnes s'appelaient Elizabeth, Kelda et Jack Jack. Je ne sais pas pourquoi Jack deux fois, et je ne suis pas tout à fait sûre de Kelda, mais ça sonnait à peu près comme ça, c'est en tout cas le son que j'émettais quand je l'appelais par son nom. Je connaissais ces gens car je leur donnais des leçons de natation. C'est l'authentique substance de mon histoire, parce que bien sûr il n'y a pas un seul plan d'eau à Belvedere, et pas de piscine. Ils parlaient de ça au magasin, un jour, et Jack Jack, qui doit être mort aujourd'hui, parce qu'il était déjà très vieux à l'époque, a dit que de toute façon ce n'était pas grave, parce que Kelda et lui ne savaient pas nager, donc ils auraient pu se noyer. Elizabeth était la cousine de Kelda, je crois. Et Kelda était la femme de Jack Jack. Ils avaient tous quatre-vingts ans passés, au bas mot. Elizabeth a dit qu'elle avait souvent nagé, étant petite, l'été où elle avait rendu visite à une cousine (manifestement ce n'était pas sa cousine Kelda). La seule raison pour laquelle je me suis mêlée à la conversation c'est qu'Elizabeth affirmait que, pour pouvoir nager, il fallait respirer sous l'eau.

Ce n'est pas vrai, me suis-je écriée. C'étaient les premiers mots que je prononçais à voix haute depuis des semaines. Mon cœur battait la chamade, comme si j'invitais quelqu'un à un rendez-vous amoureux. Il faut juste retenir sa respiration.

Elizabeth a eu l'air fâché, puis a dit qu'elle plaisantait.

Kelda a dit qu'elle aurait trop peur de retenir sa respiration parce qu'elle avait un oncle qui était mort d'avoir retenu sa respiration trop longtemps à un concours de celui qui retenait sa respiration le plus longtemps.

Jack Jack a demandé si elle y croyait vraiment, et Kelda a dit : Oui, oui, j'y crois, et Jack Jack a dit : Ton oncle est mort d'une crise cardiaque, je me demande bien d'où tu tiens ces histoires, Kelda.

Puis nous sommes tous les trois restés un moment silencieux. Leur compagnie m'était vraiment agréable, et j'espérais que nous n'en resterions pas là, et effectivement nous n'en sommes pas restés là, parce que Jack Jack a dit : Alors comme ça, vous, vous avez déjà nagé.

Je leur ai raconté que j'avais fait partie d'une équipe de natation au lycée, et que nous avions même participé à des compétitions au niveau de l'État, mais que nous avions été éliminés assez tôt par Bishop O'Dowd, une école catholique. Ils ont eu l'air vraiment très intéressés par mon histoire. Jusqu'alors, je n'avais même pas considéré cela comme une histoire, mais à présent je me rendais compte que c'était en fait une histoire très excitante, remplie de drames et de chlore et de plein d'autres choses, dont Elizabeth, Kelda et Jack Jack n'avaient jamais personnellement fait l'expérience. C'est Kelda qui a dit qu'elle regrettait qu'il n'y ait pas une piscine à Belvedere, parce qu'à l'évidence ils avaient beaucoup de chance qu'un professeur de natation habite dans cette ville. Je n'avais pas dit que j'étais professeur de natation, mais je voyais ce qu'elle voulait dire. Oui, c'était dommage.

Et là, il s'est passé une chose bizarre. J'avais baissé la tête, je regardais mes chaussures sur le lino marron, en me disant que ce sol n'avait pas été lavé depuis un million d'années, j'étais prête à parier, et j'ai soudain eu l'impression que j'allais mourir. Mais au lieu de mourir, j'ai dit : Je peux vous apprendre à nager. Nous n'avons pas besoin de piscine pour ça.

Nous nous sommes retrouvés deux fois par semaine dans mon appartement. Quand ils arrivaient, j'avais trois cuvettes remplies d'eau chaude du robinet, alignées par terre, et une quatrième cuvette devant : celle du prof. Je mettais du sel dans l'eau, parce que c'est censé être bon pour la santé, d'aspirer de l'eau chaude salée par le nez, et je me disais que cela risquait de leur arriver. Je leur ai montré comment mettre le nez et la bouche dans l'eau et comment respirer sur le côté. Ensuite nous avons ajouté les jambes, puis les bras. Je reconnaissais que les conditions n'étaient pas optimales pour apprendre à nager, mais, ai-je fait remarquer, c'est comme ça que les nageurs olympiques s'entraînaient, quand ils n'avaient pas de piscine à leur disposition. Oui oui oui, c'était un mensonge, mais nous en avions besoin, car nous étions tous les quatre allongés par terre, à donner de grands coups de pied, comme si nous étions en colère, furieux, déçus et frustrés, et n'avions pas peur de le montrer. Le rapport avec la natation devait être renforcé par des paroles fortes. Il a fallu plusieurs semaines pour que Kelda apprenne à mettre le visage dans l'eau. Ce n'est pas grave, ce n'est pas grave ! je disais. Nous allons vous faire commencer avec une planche. Je lui ai tendu un livre. C'est tout à fait normal d'être réticent à la cuvette, Kelda. C'est le corps qui signifie qu'il n'a pas envie de mourir. Ça, c'est sûr, il n'a pas envie, a-t-elle dit.

Je leur ai appris tous les mouvements que je connaissais. Le papillon était tout simplement incroyable, du jamais vu. J'ai cru que le sol de la cuisine allait céder, se liquéfier, et qu'ils seraient emportés, Jack Jack en tête. Il était doué, incontestablement. Il se déplaçait réellement sur le sol, avec sa cuvette d'eau salée et tout. Il faisait une longueur jusque dans la chambre et revenait dans la cuisine en martelant le sol, couvert de sueur et de poussière. Kelda relevait la tête pour l'admirer, son livre toujours à la main, elle était ravie. Nage jusqu'à moi, lui disait-il, mais elle avait trop peur, et il faut une formidable force dans la partie supérieure du corps pour nager sur du dur.

J'étais le genre de prof qui reste sur le bord de la piscine au lieu d'aller dans l'eau, mais je n'arrêtais pas une minute. Si je peux dire ceci sans immodestie, je remplaçais l'eau. Je faisais en sorte que tout se passe bien. Je parlais sans interruption, comme un prof d'aérobic, et je soufflais dans mon sifflet à intervalles réguliers, pour délimiter les bords de la piscine. Ils faisaient alors demi-tour comme un seul homme et repartaient dans l'autre sens. Quand Elizabeth oubliait de se servir de ses bras, je lançais : Elizabeth !

Vous avez les pieds en l'air mais vous piquez du nez ! Alors elle s'activait follement et s'empressait de faire les gestes des mains pour vite se stabiliser. Avec ma scrupuleuse méthode pratique d'entraînement, tous les plongeons commençaient dans un style impeccable, en équilibre sur mon bureau, et se terminaient en plat sur mon lit. Mais uniquement pour des raisons de sécurité. C'était quand même du plongeon, il s'agissait toujours de ravaler sa fierté mammalienne pour se plier aux lois de la gravité. Elizabeth a ajouté une règle qui s'appliquait à nous tous : il fallait faire un bruit en tombant. C'était un peu extravagant à mon goût, mais j'étais ouverte à l'innovation. Je voulais être le genre de prof qui apprenait de ses élèves. Kelda faisait un bruit d'arbre qui tombe, un arbre qui aurait été femelle. Elizabeth émettait des « bruits spontanés », toujours exactement les mêmes, et Jack Jack disait : Attention aux bombes ! À la fin de la leçon, nous nous essuyions tous avec des serviettes, Jack Jack me serrait la main et Kelda ou Elizabeth me laissait un plat chaud, un ragoût ou des spaghettis, par exemple. C'était l'échange, et il fonctionnait tellement bien que je n'avais pas vraiment besoin de me trouver un autre travail.

C'était juste deux heures par semaine, mais toutes les autres heures faisaient office de préparation en attendant ces deux heures. Le mardi et le jeudi matin je me réveillais en me disant : Entraînement de natation. Les autres matins, je me réveillais en me disant : Pas d'entraînement de natation. Quand je croisais un de mes élèves dans le bourg, disons à la station-service ou au magasin, je disais des choses comme : Vous vous êtes entraînés au plongeon à pic ? Et ils répondaient : J'y travaille, prof !

Je sais que c'est difficile pour toi d'imaginer qu'on puisse m'appeler « prof ». J'étais quelqu'un de complètement différent à Belvedere, c'est pour ça qu'il m'a été si difficile de t'en parler. Je n'ai jamais eu un seul petit copain, là-bas ; je ne faisais pas d'œuvres d'art, je n'étais pas du tout artiste. J'étais une sportive, en un sens. J'étais vraiment une sportive – j'entraînais l'équipe de natation. Si j'avais pensé que ça pourrait d'une manière ou d'une autre t'intéresser, je t'en aurais parlé plus tôt, et peut-être que nous sortirions encore ensemble. Je t'ai recroisé il y a trois heures, à la librairie, tu étais avec la femme au manteau blanc. Quel fabuleux manteau blanc. Tu es à l'évidence très heureux et déjà épanoui, alors que nous nous sommes séparés il y a seulement deux semaines. Jusqu'à te voir avec elle, je n'étais d'ailleurs même pas tout à fait sûre que nous soyons séparés. Tu as l'air incroyablement loin de moi, comme quelqu'un sur l'autre rive d'un grand lac. Un point si petit qu'il n'est ni masculin ni féminin, ni jeune ni vieux ; il sourit, c'est tout. Ceux qui me manquent, ce soir, ce sont Elizabeth, Kelda et Jack Jack. Ils sont morts, ça, je peux en être sûre. Quelle terrible tristesse. Je suis certainement la prof de natation la plus triste de toute l'histoire.

Majesté

Je ne suis pas du genre à m'intéresser à la famille royale britannique. J'ai visité sur internet des forums de discussion remplis de ce genre de personnes, ce sont des gens enfermés dans une bulle, leur monde est petit, ils n'envisagent pas le long terme, ce qui se passe chez eux ne les intéresse pas ; ils sont trop occupés à penser à la famille royale d'un autre pays. Les vêtements royaux, les potins royaux, les moments douloureux royaux, surtout les moments douloureux, de cette famille-là. Moi je ne m'intéressais qu'au garçon. L'aîné. À une époque, je ne connaissais même pas son nom. Si quelqu'un m'avait montré une photo, j'aurais peut-être su dire qui c'était, mais pas son nom, ni son poids, ni ses hobbies, ni les filles qui fréquentaient la même université mixte que lui. S'il existait une carte du système solaire avec, à la place des étoiles, les gens et les degrés de séparation qu'il y a entre eux, mon étoile serait celle d'où il faudrait parcourir le plus d'années-lumière pour atteindre la sienne. On mourrait avant d'arriver jusqu'à lui. On pourrait seulement espérer que les enfants de nos petits-enfants l'atteignent. Mais ils ne sauraient pas quoi faire ; ils ne sauraient pas comment se tenir. Et il serait mort ; il serait remplacé par le fils très beau et bien bâti de son arrière-petit-fils. Ses fils seront tous des membres de la famille royale, très beaux et bien bâtis, et mes filles seront toutes des femmes qui, à la cinquantaine, travailleront pour une association de quartier à but non lucratif, fer de lance des groupes de préparation aux tremblements de terre. Lui et moi, nous sommes issus de lignées destinées à ne jamais se croiser.

Toute ma vie j'ai fait le même rêve. C'est ce qu'on appelle un rêve récurrent ; il débouche toujours sur la même conclusion. Sauf le 9 octobre 2002. Le rêve a commencé comme d'habitude, dans un pays bas de plafond où tout le monde est obligé de ramper sur les mains et les genoux. Mais cette fois-ci je me suis rendu compte que tous les gens autour de moi faisaient l'amour, c'était une conséquence de la vie à l'horizontale. J'étais furieuse, j'ai essayé de séparer les couples, mais ils étaient collés les uns aux autres, comme des scarabées en train de s'accoupler. Et puis, soudain, je l'ai aperçu. Will. Dans le rêve, je savais que c'était une célébrité, mais je ne savais pas laquelle. Je me sentais très gênée parce que je savais qu'il avait l'habitude d'être entouré de jolies jeunes filles et qu'il n'avait probablement encore jamais vu quelqu'un comme moi. Mais petit à petit j'ai réalisé qu'il avait relevé l'arrière de ma jupe et qu'il enfouissait son visage entre mes fesses. Il faisait ça parce qu'il m'aimait. C'était une sorte de tendresse que je n'aurais jamais crue possible. Et ensuite je me suis réveillée. C'est comme ça que je terminais toutes mes histoires à l'école : *Et ensuite je me suis réveillée.* Mais ce n'était pas fini, car quand j'ai ouvert les yeux, une voiture est passée, dehors, avec la musique à fond, ce qu'habituellement je déteste, en fait j'estime que ce devrait être interdit, mais cette chanson était magnifique – les paroles disaient : « Tout ce qu'il me faut c'est un miracle, tout ce qu'il me faut c'est toi. » Ce qui correspondait exactement à la sensation dans laquelle le rêve m'avait laissée. Je suis sortie du lit et, comme s'il me fallait d'autres preuves, j'ai ouvert *The Sacramento Bee*, et là, dans la rubrique « Nouvelles internationales », il y avait un article sur la visite d'un HLM de Glasgow par le prince Charles, voyage qu'il avait fait avec son fils, le prince William Arthur Philip Louis. Une photo illustrait l'article. Il avait exactement la même tête que lorsqu'il l'avait enfouie dans mes fesses, la même charmante blondeur, la même assurance, le même nez.

J'ai tapé « famille royale » sur un site web consacré à l'interprétation des rêves, ce terme ne figurait pas dans leur base de données, alors ensuite j'ai tapé « fesses » et appuyé sur la touche « interprétation », et voici ce que j'ai obtenu comme réponse : *Voir vos fesses en rêve représente vos intuitions et vos pulsions sexuelles*. Il y avait également marqué : *Rêver que vos fesses sont difformes tend à prouver que certains aspects de votre psyché sont sous-développés ou blessés*. Mais je n'avais pas à me plaindre de la forme de mes fesses, j'en concluais donc que ma psyché était développée, et la première partie me disait de faire confiance à mon intuition, de faire confiance à mon derrière, le derrière qui avait confiance en *lui*.

Ce jour-là, j'ai porté mon rêve comme un verre rempli d'eau, je me suis déplacée avec grâce, de manière à ne pas en perdre une goutte. J'ai une longue jupe froncée comme celle qu'il a relevée, et je l'ai mise avec un sentiment sexuel nouveau. Je suis arrivée au travail d'une démarche majestueuse ; j'ai évolué avec élégance dans la cuisine du personnel. Ma sœur appelle ces jupes des « dirndls ». Elle emploie ce terme dans un sens péjoratif. Dans l'après-midi, elle est passée à mon bureau, à Quake-Kare, pour utiliser la photocopieuse. Elle a paru presque étonnée de me voir là, comme si nous nous étions rencontrées par hasard dans une boutique Kinko. La vocation de QuakeKare est d'enseigner aux gens à se préparer dans l'éventualité d'un tremblement de terre et de venir en aide à ceux qui en sont victimes dans le monde entier. Pour plaisanter, ma sœur aime dire qu'elle peut quasiment se considérer comme victime d'un séisme, vu le bazar qui règne dans sa maison.

Comment est-ce que tu appelles ça exactement, un dirndl ? dit-elle.

C'est une jupe. Tu sais que c'est une jupe.

Mais c'est tout de même bizarre que le vêtement que je porte, joliment coupé, et qui met si bien en valeur ma silhouette, s'appelle aussi une jupe, non ? Tu ne crois pas qu'il devrait y avoir une distinction ?

Tout le monde n'est pas convaincu que plus c'est court plus c'est aguichant.

Aguichant ? Tu viens de dire aguichant, c'est ça ? Nous étions en train de parler d'aguicher ? Oh mon Dieu, je n'arrive pas à croire que tu aies dit ce mot. Répète-le.

Quoi ? Aguichant ?

Ne le répète pas ! C'est too much, c'est comme si tu avais dit « baiser » ou je ne sais quoi.

Sauf que je ne l'ai pas dit.

Non. Est-ce que tu penses que tu risques de ne plus jamais baiser ? Quand tu as dit que Carl t'avait quittée, c'est le premier truc qui m'est venu à l'esprit : elle ne va plus jamais baiser.

Pourquoi est-ce que tu es comme ça ?

Quoi ? Il faudrait que je sois toute coincée, comme toi ? Pas un mot là-dessus ? C'est plus sain ?

Je ne suis pas si coincée.

Écoute, je serais ravie de m'avancer avec toi sur ce terrain glissant, mais je vais avoir besoin de preuves, si tu veux absolument me prouver que tu n'es pas si coincée.

J'ai un amant !

Mais je n'ai pas dit ça, je n'ai pas dit : Je suis aimée, je suis une personne qui vaut la peine qu'on l'aime, je ne suis pas sale du tout, demande au prince William. Ce soir-là, j'ai fait une liste des différentes manières possibles de le rencontrer dans la réalité :

Aller dans son établissement scolaire pour donner une conférence sur la sécurité en cas de tremblement de terre.

Aller dans les bars près de son établissement scolaire et l'attendre.

Ces deux options n'étaient pas incompatibles ; c'étaient deux façons rationnelles de faire connaissance avec quelqu'un. Des gens se rencontrent chaque jour dans les bars, et ils couchent souvent avec des gens rencontrés dans les bars. Ma sœur le fait tout le temps, ou en tout cas le faisait, quand elle était à l'université. Ensuite, elle m'appelait et me racontait en détail sa soirée, pas parce que nous sommes proches l'une de l'autre – nous ne le sommes pas. C'est parce qu'il y a quelque chose qui cloche, chez elle. Ce qu'elle fait, j'appellerais presque cela des sévices sexuels, mais c'est ma petite sœur, alors il doit exister un autre mot. Elle dépasse les bornes. C'est tout ce que je peux dire à son sujet. Si les bornes sont là, là où je suis, eh bien elle, elle les dépasse complètement, elle plane au-dessus, toute nue.

Le lendemain matin, je me suis réveillée à six heures et je me suis mise à marcher. Je savais que je ne serais jamais mince, mais j'ai décidé de faire en sorte que mon corps ait une certaine fermeté, ce qui ne serait pas désagréable s'il me touchait dans le noir. Une fois que j'aurais perdu cinq kilos, je pourrais m'inscrire dans un club de gym ; en attendant, j'allais marcher, marcher, marcher. En me déplaçant dans le quartier, j'ai réactivé le rêve, et j'ai obtenu un tel niveau de clarté que j'ai eu l'impression qu'il était possible que je le croise au prochain coin de rue. J'allais glisser ma tête sous sa chemise et y rester pour toujours. Je voyais déjà les rayons de soleil filtrer à travers son maillot de rugby ; mon monde était petit et sentait l'homme. Bref, j'ai été pour ainsi dire aveuglée, et je n'ai pas remarqué la femme qui s'était avancée juste devant moi. Elle portait un peignoir jaune.

Merde. Vous avez vu un petit chien marron qui courait par là ? Patate !

Non.

Vous êtes sûre ? Patate ! Il a dû s'échapper. Patate !

Je ne faisais pas attention.

Oh, vous l'auriez vu. Merde. Patate !

Navrée.

Bon Dieu. Bon, si vous le voyez, attrapez-le et ramenez-le-moi ici. C'est un petit chien marron, il s'appelle Patate. Patate !

Entendu.

J'ai poursuivi mon chemin. Il était temps que je me concentre sur la rencontre avec lui ; plans 1 et 2. Je suis déjà allée dans des établissements scolaires pour parler de sécurité en cas de tremblement de terre, donc ce ne serait pas la première fois. Il y a une école dans le quartier, l'école élémentaire Buckman, et chaque année ils invitent les pompiers pour qu'ils expliquent la fameuse procédure à suivre lorsque les vêtements de quelqu'un prennent feu – attraper la personne, la mettre au sol et la rouler par terre – et plus tard dans la journée, j'interviens à mon tour pour aborder les questions de sécurité en cas de tremblement de terre. Malheureusement, il y a très peu de choses à faire. On peut aussi se rouler par terre, ou encore sauter en l'air en agitant les bras, mais si c'est le Big One, autant prier. L'année dernière, un petit garçon m'a demandé ce qui faisait de moi une grande experte, et j'ai été honnête avec lui. Je lui ai dit que je ne connaissais personne qui ait aussi peur que moi des tremblements de terre. Il faut être honnête avec les enfants. J'ai décrit le cauchemar récurrent que je fais, où j'étouffe dans les décombres. Tu sais ce que veut dire étouffer ? J'ai mimé la situation de quelqu'un qui suffoque, les yeux exorbités, je me suis accroupie sur la moquette et j'ai donné des coups de griffes, à la recherche d'une goulée d'air. Pendant que je me remettais de ma démonstration, il a posé sa main sur mon épaule et m'a tendu une feuille qui avait presque une forme de requin. Il a dit que c'était la meilleure ; il m'en a montré d'autres qu'il avait ramassées, toutes plus feuilles que requins. La mienne était la plus requin. Je l'ai fourrée dans mon sac à main pour la rapporter à la maison ; je l'ai mise sur la table de la cuisine ; je l'ai regardée avant d'aller me coucher.

Ensuite, au milieu de la nuit, je me suis relevée pour la jeter dans le broyeur à ordures. Je n'ai tout simplement pas de place dans ma vie pour une chose comme ça. Il y a une question : ont-ils seulement des tremblements de terre, en Angleterre ? S'ils n'en ont pas, mon approche n'est pas la bonne. Mais s'ils n'en ont pas, cela fait une raison de plus de vouloir vivre dans un palace avec lui plutôt que d'avoir à le convaincre d'emménager dans mon appartement.

C'est alors que Patate est passé en courant. Un petit chien marron, exactement comme la dame avait dit. Il a filé devant moi, il semblait avoir peur de louper son avion. Le temps que je me dise que ça devait être Patate, il avait disparu. Mais il avait l'air tout joyeux et j'ai pensé : Tant mieux pour lui. Vis ton rêve, Patate.

Laissons tomber la visite dans l'établissement scolaire. Je vais entrer dans le pub. C'est comme ça qu'ils appellent les bars, là-bas. J'aurai une jupe comme celle qu'il a relevée dans le rêve. Je le verrai là, avec ses amis et ses gardes du corps. Il ne me remarquera pas, il sera rayonnant, chaque poil doré de ses bras rayonnera. Je m'avancerai jusqu'au juke-box et je mettrai « Tout ce qu'il me faut c'est un miracle ». Ça me donnera de l'assurance. J'irai m'asseoir au bar, je commanderai à boire et je me lancerai dans une longue, longue histoire. Le genre d'histoire qui embobine les gens, comme un fil qu'on enroule autour des deux mains. Je vais les faire rentrer dans mon histoire, les autres, au comptoir. Une partie de l'histoire nécessitera la participation des auditeurs, quelque chose que les gens seront obligés de déclamer aux moments clés. Je n'ai pas encore réfléchi à l'histoire, mais je dirai par exemple : « Et de nouveau j'ai frappé à la porte et crié », et tout le monde dans le bar reprendra en chœur : « Laisse-moi entrer ! Laisse-moi entrer ! » À la fin, tous les gens autour de moi répéteront ça, et le cercle des participants s'élargira au fur et à mesure que de nouveaux curieux s'approcheront. William ne tardera pas à se demander ce qui se passe. Il s'approchera, un sourire perplexe aux lèvres. À quel jeu se livre donc le bas peuple ? Je le verrai, là, tout près de moi, tout près de chaque partie de moi, mais je ne m'arrêterai pas, je continuerai à raconter mon histoire à rallonge, et la prochaine fois que je frapperai à la porte, il s'écriera en même temps que tous les autres : Laisse-moi entrer ! Laisse-moi entrer ! Et je me débrouillerai pour que cette histoire, cette histoire incroyable qui aura attiré la moitié de la campagne anglaise, ait une chute qui s'adresse exclusivement à William. Ce sera un genre nouveau de chute, rien à voir avec le traditionnel « comment vas-tu yau de poêle ? » Cette chute l'attirera à moi, il sera debout devant moi et, les larmes aux yeux, il me suppliera : Laisse-moi entrer ! Laisse-moi entrer ! Alors j'appuierai sa tête géante contre ma poitrine, et comme mon interminable histoire ne sera pas tout à fait terminée, je dirai :

Demandez à mes seins, mes seins de quarante-six ans.

Alors il s'écriera, la tête contre eux, d'une voix étouffée : Laisse-moi entrer, laisse-moi entrer !

Et mon ventre, demandez à mon ventre.

Laisse-moi entrer, laisse-moi entrer !

Mettez-vous à genoux, votre altesse, et demandez à mon vagin, cette immonde bête.

Laisse-moi entrer, laisse-moi entrer, laisse-moi entrer.

Le soleil disparaissait dans un éclat qui semblait préhistorique ; je me sentais non seulement aveuglée mais perdue, j'avais l'impression d'avoir perdu quelque chose. Et de nouveau elle a surgi, la femme au peignoir jaune. Cette fois-ci, elle était dans une petite voiture rouge. Elle ne s'était même pas habillée. Et elle criait « Patate » si désespérément qu'elle en oubliait de passer la tête à l'extérieur de la portière, elle criait inutilement à l'intérieur de la voiture, comme si Patate était en elle, comme Dieu. Son cri, envoûté, était saisissant, une authentique lamentation. Elle avait perdu quelqu'un qu'elle aimait, elle avait peur qu'il lui soit arrivé quelque chose, c'était vraiment en train d'arriver, ça se passait maintenant. Et moi j'étais impliquée dans ce drame, parce que, aussi étonnant que cela paraisse, je venais juste de voir Patate. J'ai couru jusqu'à la voiture.

Il vient juste de filer par là.

Quoi !

Dans Effie Street.

Pourquoi est-ce que vous ne l'avez pas arrêté ?

Il courait trop vite, il m'a fallu un moment avant de réaliser que c'était lui.

C'était Patate ?

Ouais.

Est-ce qu'il était blessé ?

Non, il avait l'air tout content.

Content ? Il était terrifié, oui.

Dès qu'elle a dit ça, j'ai repensé à la vitesse à laquelle il courait et j'ai compris qu'elle avait raison. Il détalait, aveuglé par la panique, terrorisé. Un jeune Philippin s'est approché de la voiture, et s'est contenté de rester planté là, comme font les gens quand survient un malheur. Nous l'avons ignoré.

Il a filé par là ?

Ouais, mais ça remonte à au moins dix minutes.

Merde !

Elle est repartie sur les chapeaux de roue dans Effie Street. Le gars est resté à côté de moi, comme si nous étions désormais tous les deux impliqués dans cette affaire.

Elle a perdu son chien.

Il a acquiescé et regardé autour de lui, comme s'il était possible que le chien soit dans les parages.

C'est quoi, la récompense ?

Je crois qu'il n'y en a pas encore.

Il faut qu'elle promette une récompense.

J'ai trouvé cette réflexion mesquine, mais avant que je puisse le lui dire, la voiture rouge est revenue. Elle roulait doucement, cette fois-ci. Elle a baissé la vitre et je me suis approchée, j'avais un mauvais pressentiment. Elle était en chemise de nuit. Elle s'était servie de son peignoir jaune pour faire un petit nid sur le siège passager, et dans le nid se trouvait Patate, mort. Je lui ai présenté mes plus sincères condoléances. La femme m'a répondu d'un regard qui disait que moi, et moi seule, étais responsable, il n'était pas question qu'elle échange un mot avec une tueuse de chien professionnelle. Je me suis demandé combien d'autres êtres vivants étaient passés devant moi à vive allure pour finir foudroyés par la mort. Peut-être beaucoup. Peut-être que c'est moi qui passais devant eux, telle la Grande Faucheuse, annonçant leur mort imminente. Ce qui expliquerait bien des choses.

Elle est repartie au volant de sa voiture, et le garçon et moi nous sommes de nouveau retrouvés seuls. Je n'étais qu'à quelques rues de la maison, mais c'était difficile de repartir à pied. J'ignorais à quoi j'allais penser, une fois que je me serais remise en mouvement. William. Qui était William ? Cela paraissait pervers, presque interdit, de penser à lui, maintenant. Et épuisant. Soudain, j'ai eu l'impression d'avoir à déplacer des montagnes juste pour que notre relation se maintienne. À cette heure-là, elle était probablement en train d'enterrer le chien dans son jardin. J'ai regardé le garçon ; il était le contraire d'un prince. Il n'avait rien. Quand ma sœur était à l'université, il lui arrivait parfois de ramener ce genre de gars à la maison. Elle avait coutume de m'appeler le lendemain matin.

Je l'apercevais dans son pantalon, elle était genre à moitié dure, donc je voyais déjà qu'elle était grosse.

S'il te plaît, arrête, maintenant.

Mais quand il a enlevé son pantalon, j'ai failli me chier dessus, j'étais genre : Je t'en prie, chéri, carre-la-moi bien au fond, et vite !

Je vois.

Ensuite, il a sorti un tout petit bout de ficelle noire, ou de je ne sais pas quoi, et il se l'est nouée autour de la bite, et moi je suis genre : À quoi ça sert ? Il a juste rigolé à sa manière de sale môme. J'ai enfilé cette petite culotte moche que je venais d'acheter, avec une fermeture éclair qui s'ouvre entièrement du devant au derrière, tu vois ? Mais ça l'a pas spécialement branché, je suppose, parce qu'il l'a juste enlevée et il m'a dit de m'astiquer. Tu as déjà entendu un gars dire ça comme ça ? Astique-toi ?

Non.

Évidemment que non. Enfin bref, j'ai frotté, frotté, je mouillais grave, et lui, il se la frotte sur ma figure et moi je suis à fond et là, tiens-toi bien, il me balance la purée sur tout le visage. Avant même de me la mettre. Tu y crois ?

Oui.

Bon, ouais, je m'en doute. Je suppose qu'il était drôlement jeune et il avait jamais dû voir une chatte de Blanche comme ça.

Ma sœur s'est alors interrompue pour écouter ma respiration au téléphone. Elle a entendu que j'avais terminé, j'avais joui. Alors elle a dit au revoir, j'ai dit au revoir et nous avons raccroché. C'est comme ça entre nous ; ça a toujours été comme ça. Elle s'est toujours occupée de moi de cette façon. Si je pouvais tranquillement la tuer sans que personne le sache, je le ferais.

J'ai regardé le garçon ; il me regardait, comme s'il y avait déjà un point sur lequel nous étions tombés d'accord. Le simple fait que je me sois tenue à côté de lui pendant une minute de trop, c'était comme si je l'avais demandé en mariage. Je ne pouvais pas l'abandonner sans lui accorder une sorte de dédommagement.

Tu pourrais laver ma voiture.

Pour combien ?

Dix dollars ?

Pour dix dollars, je ferai rien.

D'accord.

J'ai ouvert mon portefeuille, je lui ai donné dix dollars, il est parti dans Effie Street à la rencontre d'une mort certaine et moi je suis rentrée à la maison. Dans le rêve récurrent, tout s'est déjà écroulé et je suis dessous. Je rampe, parfois pendant des jours, sous les décombres. Et tandis que je rampe, je me rends compte que celui-ci, c'était le Big One. C'est le tremblement de terre qui a ébranlé la terre

40

entière, et tout, absolument tout, a été détruit. Mais ce n'est pas ça qui fait peur. Cette partie-là se produit toujours juste avant que je me réveille. Je suis en train de ramper, et soudain, je me souviens : le tremblement de terre a eu lieu il y a des années. Cette douleur, cette agonie, c'est juste normal. C'est la vie qui est comme ça. En fait, je me rends compte qu'il n'y a jamais eu de tremblement de terre. La vie est ainsi, c'est tout, brisée, et je suis folle de rêver d'autre chose.

L'homme dans l'escalier

C'était un petit bruit, mais il m'a réveillée, parce que c'était un bruit humain. J'ai retenu ma respiration et ça a recommencé, et puis encore : des pas dans l'escalier. J'ai essayé de chuchoter : Quelqu'un est en train de monter l'escalier, mais ma respiration était toute tremblante, je n'arrivais pas à lui donner forme. J'ai serré le poignet de Kevin par séries, trois pressions, puis deux, puis trois. J'ai essayé d'inventer un langage qui puisse pénétrer dans son sommeil. Mais au bout d'un certain temps, je me suis rendu compte que je ne lui tenais même pas le poignet, je pressais dans le vide. Pour vous dire à quel point j'avais peur, je serrais la main dans le vide. Et pourtant le son était toujours là, l'homme gravissait les marches. Il montait le plus lentement possible. Il semblait avoir absolument tout son temps ; mon Dieu, tout le temps qu'il avait ! Je ne m'étais jamais autant concentrée sur quelque chose. C'est mon problème, dans la vie, je me précipite, comme si j'étais poursuivie. Même les choses dont tout l'intérêt réside dans la lenteur, comme boire une tisane pour se détendre. Quand je bois une tisane pour me détendre, je m'enfile toute la tasse en vitesse, à croire que c'est à celui qui boira le plus vite sa tisane pour se détendre. Ou dans un jacuzzi avec d'autres personnes, quand on regarde tous les étoiles, je suis la première à dire : Qu'est-ce que c'est beau ici. Plus tôt on dit : Qu'est-ce que c'est beau ici, plus vite on pourra dire : Ouah, je commence à avoir trop chaud.

L'homme dans l'escalier prenait tellement son temps qu'à certains instants j'en ai oublié le danger, et j'ai failli me rendormir, pour être à nouveau réveillée par le déplacement de son corps dans l'escalier. J'allais mourir, et ça mettait un temps fou. J'ai arrêté d'essayer de prévenir Kevin, parce que je craignais qu'il fasse un bruit en se réveillant, il risquait par exemple de dire : Quoi ? Ou : Quoi, trésor ? L'homme dans l'escalier allait entendre et saurait à quel point nous étions vulnérables. Il saurait que mon petit ami m'appelait trésor. Il était même possible qu'il perçoive sa légère contrariété, son épuisement, après la dispute de la veille. Nous fantasmons tous les deux sur d'autres personnes quand nous faisons l'amour, mais lui, il aime me dire qui sont les autres personnes, et pas moi. Pourquoi lui dirais-je ? Ce sont mes affaires, ça ne regarde que moi. Ce n'est pas de ma faute s'il prend son pied en me le disant. Il aime m'en faire part à la seconde où il jouit, comme un chat qui vous offre un oiseau mort. Je ne lui ai jamais rien demandé.

Je ne voulais pas que l'homme dans l'escalier sache ces choses à notre sujet. Mais il allait savoir. À la seconde où il allumerait la lumière et sortirait son flingue, ou son poignard, ou son caillou hyper lourd, à la seconde où il brandirait le flingue contre ma tempe, ou le couteau à la hauteur de mon cœur, ou le caillou hyper lourd au-dessus de ma poitrine, il saurait. Il le verrait dans les yeux de mon petit ami : Elle, tu peux l'avoir, mais laisse-moi la vie sauve. Et dans mes yeux il verrait les mots : Je n'ai jamais vraiment connu l'amour véritable. Compatirait-il avec nous ? Est-ce qu'il sait ce que c'est ? La plupart des gens savent. On a toujours l'impression d'être le seul au monde, comme si tous les autres étaient fous amoureux de leur partenaire, mais ce n'est pas vrai. Généralement les gens ne s'apprécient pas énormément. Et c'est vrai aussi pour les amis. Parfois, allongée dans mon lit, j'essaye de savoir, parmi mes amis, quels sont ceux qui comptent vraiment, et j'en arrive toujours à la même conclusion : aucun. Je pensais que c'étaient juste mes amis du début, et que les vrais amis allaient venir par la suite. Mais non. Ce sont mes vrais amis. Ce sont des gens qui ont un travail dans un domaine qui les intéresse. Ma plus vieille amie, Marilyn, adore chanter, elle est responsable des admissions dans une prestigieuse école de musique. C'est un bon boulot, mais pas aussi bien que celui qui consiste à ouvrir la bouche pour chanter. *La*. J'ai toujours pensé que je serais amie avec une chanteuse professionnelle. Une chanteuse de jazz. Une meilleure amie qui serait à la fois une chanteuse de jazz et une conductrice désinvolte mais prudente. C'est plutôt ça que je m'imaginais. J'imaginais aussi des amis qui m'adoreraient. Or ces amis trouvent que je suis casse-pieds. J'ai ce fantasme de recommencer à zéro et d'éliminer la pellicule de casse-piétude qui me colle à la peau. Je crois savoir comment m'y prendre ; il y a principalement trois choses qui font que je suis casse-pieds.

Je ne rappelle jamais les gens.
Je suis faussement modeste.

J'éprouve une culpabilité disproportionnée à propos de ces deux choses, si bien que je suis d'une compagnie désagréable.

Ce ne serait pas si difficile de rappeler les gens et d'être plus authentiquement modeste, mais c'est trop tard pour ces amis-là. Ils ne seraient plus capables de remarquer que je ne suis plus casse-pieds. J'ai besoin de gens vierges, tout neufs, pour qui je serais synonyme de rigolade. C'est mon problème numéro deux : je ne suis jamais satisfaite de ce que j'ai. Ce qui marche main dans la main avec mon problème numéro un : la précipitation. Ce n'est d'ailleurs peut-être pas tant « main dans la main » que « les deux mains de la même bête ». Ce sont peut-être mes mains, après tout ; et la bête, c'est peut-être moi.

J'ai eu le béguin pour Kevin pendant treize ans avant qu'il commence à bien m'aimer en retour. Au début, je ne l'intéressais pas parce que j'étais une enfant. J'avais douze ans et il en avait vingt-cinq. À partir du moment où j'ai eu dix-huit ans, il lui a fallu encore sept années pour qu'il me considère véritablement comme une adulte, et non plus comme une de ses élèves. Pour notre premier rendez-vous, je portais une robe que j'avais achetée à dix-sept ans spécialement pour cette occasion. Elle n'était plus à la mode. En allant au restaurant, nous nous sommes arrêtés à une station-service. Je suis restée assise dans la voiture et j'ai regardé l'adolescent qui nettoyait le pare-brise, pendant que Kevin allait payer à la caisse. Le gars utilisait l'éponge avec le genre de dextérité qui indiquait que ce n'était pas seulement un domaine qui l'intéressait, mais que c'était exactement son truc, que c'était tout ce qu'il avait toujours voulu. *La*. Comme nous quittions la station-service, j'ai regardé l'adolescent à travers la vitre absolument impeccable et je me suis dit : C'est avec lui que je devrais être.

*

L'homme dans l'escalier s'arrête pendant des laps de temps si incroyablement longs que j'en suis presque à me demander s'il n'aurait pas un problème. Il est peut-être handicapé ou bien très âgé. Ou peut-être juste très fatigué. Il a peut-être déjà tué tous les gens du pâté de maisons et maintenant il est fourbu. Il y a des instants où je le vois presque s'appuyer contre la rampe, ses yeux balayent l'obscurité. Mes yeux sont ouverts aussi. Kevin dort, il est si loin, et le sera toujours. Le silence devient de plus en plus long, au point que je me demande si l'homme est vraiment là. Le seul bruit, c'est la respiration de Kevin. Et si je passais le restant de ma vie dans ce lit à écouter Kevin respirer. Mais regardez. Un craquement net et fort en provenance de la cage d'escalier retentit, et ce que je ressens c'est un soulagement saisissant. Il est vraiment là, il est dans l'escalier, et il s'approche à sa manière formidablement lente. Si je vis jusqu'au petit jour, je n'oublierai jamais cette magistrale leçon en matière d'attention.

J'ai repoussé les couvertures et je suis sortie du lit. J'avais juste un tee-shirt et je n'ai pas enfilé de pantalon parce que à quoi bon ? Peut-être serait-il mi-nu, lui aussi ; peut-être serait-il décapité et couvert de sang. Je me suis tenue dans l'encadrement de la cage d'escalier, sur la plus haute marche. Il faisait plus sombre là que dans la chambre, et je me suis sentie aveuglée. Je suis restée debout et j'ai attendu de mourir ou que mes yeux s'habituent à l'obscurité, je verrais bien ce qui arriverait en premier. Avant d'apercevoir quoi que ce soit, je l'ai entendu respirer, il était juste devant moi. Je me suis penchée en avant, j'ai senti son haleine. J'ai senti son aigreur. Ce n'était pas bon, ce n'était pas quelqu'un de bien, ses intentions n'étaient pas bonnes. Je suis restée là, lui aussi. Il a soufflé son haleine fétide qui fait que les femmes doutent de tout, et je l'ai inspirée, comme toujours. J'ai soufflé ma poussière, la poudre de tout ce que j'avais détruit par le doute, et il l'a inspirée dans ses poumons. Mes yeux s'acclimataient et j'ai vu un homme, un homme ordinaire, un inconnu. Nous nous regardions dans les yeux, et soudain je me suis sentie furieuse. Va-t'en, lui ai-je chuchoté. Sors. Sors de ma maison.

*

Après être repartis de la station-service, nous sommes allés dans un restaurant qui, selon Kevin, me plairait certainement. Mais moi je pensais encore au gars qui avait nettoyé le pare-brise, et j'ai systématiquement fait le contraire de ce que Kevin voulait. Je n'ai pas commandé de dessert ni de vin, juste un peu de salade, dont je me suis plainte. Mais il n'a pas renoncé ; il a fait des plaisanteries, des plaisanteries ridicules, dans la voiture, en me raccompagnant chez moi. Je me suis cuirassée contre le rire ; j'aurais préféré mourir plutôt que rire. J'ai pas ri, je n'ai pas ri. Mais je suis morte, oui, je suis morte.

La sœur

À de nombreuses reprises des gens m'ont demandé si j'avais envie de rencontrer leur sœur. Certaines femmes ne se marient jamais et ne se soucient pas trop de leur apparence, mais les années ne leur font pas de cadeau. Ces femmes ont des frères, et leurs frères connaissent souvent un homme comme moi, un vieillard qui est seul. Les hommes seuls ont souvent un ou deux gros trucs qui clochent, mais les frères pensent que ce sont des trucs dont leurs sœurs devraient pouvoir s'accommoder. Par exemple : être encore amoureux de sa femme décédée. Ce n'était pas mon cas ; je n'avais jamais été amoureux de qui que ce soit, mort ou vivant. Mais c'est un exemple du type de problèmes que les hommes comme moi rencontrent, et il est de taille. Les gens nous présentent leur sœur. Des sœurs, il y en a de tous les âges ; il m'a fallu un certain temps pour m'en rendre compte. Moi, je n'ai ni frère ni sœur, mais je me rappelle les gars à l'école qui parlaient de leurs sœurs, et donc je me suis toujours imaginé que les sœurs avaient à peu près le même âge, l'âge scolaire. Est-ce que je voulais rencontrer leur sœur ? Au début, j'étais décontenancé de voir une sœur plus âgée, si grande. Mais évidemment, tout le monde est vieux, maintenant, même les jolies sœurs des garçons que je connaissais à l'école. Cela fait tellement longtemps que je n'ai pas rencontré de petite fille. Les hommes comme moi, les hommes seuls, nous sommes statistiquement les derniers à qui l'on présentera des petites filles. Et je peux vous dire en un mot pourquoi. Viol.

Presque tous les sacs à main du monde sont fabriqués au même endroit, Deagan Cuir. Même si leurs étiquettes prétendent le contraire, même s'il y a marqué MADE IN SRI LANKA sur l'une et MADE WITH PRIDE IN THE USA sur l'autre, les deux sacs ont été assemblés à Richmond, Californie. Quand vous terminez votre vingtième année consécutive à Deagan, on vous organise une fête avec du punch hawaïen, et vous avez automatiquement droit à des sacs à main gratuits pour le restant de votre vie. Jusqu'à maintenant, Victor Caesar-Sanchez et moi sommes les deux seuls à avoir eu notre fête. Nous jouons à un jeu qui s'intitule : Les trucs bien qu'on peut faire à base de sacs à main en quantités illimitées. Exemple de truc bien : une maison en cuir, ou un avion en cuir qui vole vraiment. Jusqu'à ce qu'elle meure, l'année dernière, j'ignorais le nom de la femme de Victor : Caroline. Je suppose que, contrairement à lui, elle n'était pas mexicaine ; pendant tout ce temps, je l'avais imaginée mexicaine. Et j'ignorais qu'il avait une sœur jusqu'au jour où il m'a demandé : Tu veux que je te présente ma sœur ? Elle s'appelait Blanca Caesar-Sanchez. J'ai une nouvelle fois commis l'erreur d'imaginer une adolescente. Une adolescente en robe blanche. Des petits seins tout neufs. J'ai eu envie de la rencontrer.

Il s'est arrangé pour que Blanca et moi nous rencontrions à l'occasion d'une fête de bienfaisance en faveur de la lutte contre le SIDA. La plupart des gens présents avaient entre vingt et quarante ans, et je me suis demandé s'il y avait parmi eux Blanca ou les amis de Blanca. J'ai fait de gros efforts pour me montrer tolérant vis-à-vis d'eux. Il y avait aussi des gens ayant la quarantaine, la cinquantaine, la soixantaine, voire plus, et ces gens aussi avaient une chance d'être Blanca, ou les parents de Blanca, ou les grands-parents, voire ses arrière-grands-parents, si Blanca était une enfant. Quelques enfants couraient ici et là, des sœurs de frères, susceptibles d'être Blanca ou les petits-enfants de Blanca. La soirée s'est poursuivie. Plusieurs fois, j'ai croisé Victor, et il m'a dit qu'il venait juste de voir sa sœur, mais qu'il l'avait à nouveau perdue. Puis il m'a dit qu'il l'avait d'ailleurs envoyée à ma table, il y avait de ça moins d'un quart d'heure, pour qu'elle se présente, je ne l'avais pas vue ? Je ne l'avais pas vue.

Alors, qu'est-ce que tu as pensé d'elle ?

Je ne l'ai pas vue !

Ah, je croyais t'avoir entendu dire que tu l'avais vue.

Non, j'ai dit que je ne l'avais pas vue, je ne l'ai pas vue.

Zut, c'est dommage. Je crois qu'elle est partie. Elle m'a dit que tu lui plaisais bien.

Quoi ?

Elle a dit qu'elle avait envie de te revoir.

Mais je ne l'ai pas vue une seule fois !

Attention, tu parles de ma sœur, là.

*

Je mesure un mètre quatre-vingt-dix. Je pèse 82 kg. J'ai des cheveux gris, je suis dégarni. Je ne suis pas en bonne forme physique, mais mon métabolisme est tel que je suis naturellement mince. À part le ventre.

Au fil des semaines suivantes, Blanca est entrée et sortie de ma vie, mais elle ne s'est jamais suffisamment approchée pour que je la voie. Je l'ai loupée de tant de manières différentes que j'ai fini par la connaître quand même. J'ai fini par connaître les qualités particulières de son absence. Je me mettais sur mon trente et un pour ces occasions. J'enfilais un costume dont je n'avais jamais eu l'usage pendant les années soixante-dix, mais maintenant il m'allait correctement. C'est un costume un peu spécial parce qu'il est beige clair, presque blanc cassé. Ce n'est pas très fréquent, cette couleur, pour le pantalon et la veste. C'est devenu mon uniforme pour les fois où je n'ai pas rencontré Blanca.

Est-ce qu'elle était au Tiny Bubble hier soir ?

Oui ! Elle s'est présentée ?

Non.

Je lui ai dit que tu y allais parfois. Ça fait quelque temps qu'elle s'y arrête régulièrement.

J'aimerais faire sa connaissance.

Elle aussi aimerait faire ta connaissance.

Victor, il faut qu'elle se présente. Je la vois dans mes rêves.

Et elle est comment ?

C'est un ange.

C'est bien Blanca, c'est elle.

Elle est blonde ?

Non, elle a les cheveux noirs, comme moi.

Une petite brune.

Oui, enfin ça je ne sais pas.

Tu viens juste de le dire.

Ouais, enfin je n'aime pas trop qu'on parle de ma sœur en ces termes.

Petite brune ? Ça n'a rien de méchant.

Ouais. Mais c'est la façon dont tu l'as dit.

Petite brune dit par un homme qui est obligé de se servir de ses deux mains pour se branler chaque soir, voilà l'effet qu'elle m'a fait. Je savais quand elle était là, parce que je commençais à respirer plus fort. Toute l'ambiance de la pièce changeait. Son parfum m'enveloppait le visage, je savais qu'elle était là, et je ne pouvais pas m'empêcher de penser que c'était une adolescente. Alors qu'évidemment ça ne tenait pas debout. Le bar était plein de fumée et d'hommes, mais j'arrivais à l'apercevoir, derrière quelqu'un, de justesse cachée à ma vue, en jean serré et chaussures de tennis, elle mâchait du chewing-gum, elle avait les oreilles percées, les cheveux ramenés en arrière par un bandeau. Un ruban ou une sorte de bandeau en plastique. Et des oreilles percées. Je l'ai déjà dit. D'accord. C'est ce que j'ai vu. D'aucuns diront qu'une fille comme ça n'est pas prête pour une relation amoureuse avec un homme, surtout un homme qui va sur ses soixante-dix ans. Mais à ça je réponds : Nous n'en savons rien. Nous ne savons pas guérir un rhume, pas plus que nous ne savons ce que pensent les chiens. Nous commettons des choses horribles, nous faisons des guerres, nous tuons des gens par cupidité. Alors qui sommes-nous pour dire comment aimer ? Je ne la forcerais pas. Je n'aurais pas à la forcer. Elle aurait envie de moi. Elle serait amoureuse. Qu'est-ce que vous en savez ? Vous ne savez rien. Rappelez-moi quand vous aurez trouvé un antidote au SIDA, passez-moi un coup de fil, et là je vous écouterai.

Plusieurs fois par jour j'avais besoin d'elle. Quand j'allais à pied ou quand je prenais le bus pour aller à Deagan, quand je me déplaçais et quand j'étais immobile. Quand j'inspectais les sacs à main et qu'ils étaient tous parfaits jusqu'au dernier œillet. Jour après jour, pas un défaut, juste une tension qui montait, un brouillard qui se développait et ne pouvait être interrompu que par une sangle montée à l'envers ou une boucle manquante. Il y a des gens qui continuent pour l'éternité sans flancher, sans pousser un cri. Mais moi j'ai crié Blanca ! Quand le soleil était inhabituellement haut et clair, ou quand il s'enfonçait, surtout lorsqu'il s'enfonçait au loin, derrière les collines, j'appelais Blanca. Je l'appelais de tout mon cœur, comme si elle était en moi, tel un œuf. Blanche comme un œuf et pas encore tout à fait prête ; sur le point d'éclore.

Je n'avais jamais vraiment beaucoup pensé à Victor, mais maintenant il était devenu une personne excitante, parce qu'il était le frère de Blanca. Victor me voyait également sous un nouveau jour, davantage comme un membre de la famille. Comme si Blanca et moi étions déjà un couple. Il m'a invité à un dîner, genre repas de famille, avec Blanca et leurs parents. C'était dans un foyer pour personnes âgées, M. et Mme Caesar-Sanchez étaient, parmi les gens encore en vie, les plus âgés que j'aie rencontrés. Leur nourriture était entièrement en intraveineuse. Quand j'ai demandé à Mme Caesar-Sanchez où était sa fille, elle a paru si déconcertée que j'ai laissé tomber. Il y avait une photo d'elle au mur, pas de Blanca, mais de sa mère, quand elle était petite fille. On retrouvait le regard de Blanca dans ses yeux : Viens donc par ici. Victor parlait à ses parents comme s'ils pouvaient le comprendre, mais je savais que ce n'était pas le cas. Il leur a offert à chacun un sac à main, le fameux fourre-tout style SOHO à bandoulière en cuir granuleux. Je n'avais pas l'impression que ses parents se relèveraient un jour, or pour les fourre-tout à bandoulière, il faut vraiment être debout. Marcher, vivre, avoir besoin de quelque chose, s'intéresser à quelque chose, porter quelque chose en bandoulière : ils semblaient être bien au-delà de toutes ces considérations, mais je ne sais pas, mes parents sont morts avant que j'aie eu l'âge de leur offrir quoi que ce soit. Victor et moi avons mangé le poulet frit à la chinoise que nous avions apporté, et ensuite nous avons tous regardé une émission où des couples participaient à un concours en réaménageant leurs cuisines. Victor m'a ramené à la maison, et dans la voiture nous n'avons pas parlé. Qu'est-ce qu'on aurait pu se dire ? Pour la huit cents millions de milliardième fois, elle n'était pas venue.

Je n'avais jamais été amoureux, j'avais été un homme paisible, mais maintenant l'agitation me gagnait. Je me faisais mal accidentellement avec mon propre corps, on aurait dit que j'étais deux personnes maladroites engagées dans une rixe. Je me crispais trop sur les choses, je déchirais les pages en les tournant, des objets m'échappaient brutalement des mains, des assiettes, je les cassais. Victor a déjeuné avec moi pendant toute la semaine et a essayé de m'intéresser à des sujets qui ne m'intéressaient pas. Finalement, il m'a invité dans son appartement à boire des verres avec Blanca. J'ai su que cette fois-ci c'était la bonne. J'avais impressionné ses parents par mon silence apaisant. Il y a des gens qui sont mal à l'aise avec les silences. Pas moi. Les dialogues, ça n'a jamais été mon truc. Des fois je vais penser à quelque chose à dire, et ensuite je vais me demander : Est-ce que ça vaut le coup ? Et en fait non. Je portais les mêmes vêtements que toutes les autres fois où je pensais que j'allais la rencontrer, le pantalon et la veste beige clair, mais cette fois-ci j'ai fait plus attention. J'ai rentré ma chemise dans mon caleçon avant de remonter mon pantalon, et quand je l'ai remonté, il a caressé les poils de mes jambes. Rien ne m'échappait, j'étais électrique.

Blanca, bien sûr, était en retard. Victor et moi en avons ri, et j'ai vraiment ri parce que là, c'était plus marrant que ça ne l'avait jamais été. Sacrée nana ! Elle savait s'y prendre pour allumer un garçon. Victor et moi avons trinqué à la santé de Blanca et de ses retards. J'ai rempli son verre et je l'ai bu pour elle, à ma nana ! Ma petite nana !

À minuit, Victor s'est raclé la gorge et a annoncé qu'il y avait quelque chose qu'il ne m'avait pas annoncé.

Elle ne vient pas ?

Oh si, elle vient.

Ah, bien.

Mais j'avais un petit projet pour ce soir, pour toi et Blanca.

Quoi.

J'ai des ecstas.

Quoi ?

Des ecstas.

C'est quoi des ecstas ?

Des ecstasys.

Ah.

Tu en as déjà pris ?

Non, moi je vais rester à la bière.

Ça va te plaire.

J'ai fumé un joint, une fois, et je me suis senti mal pendant un an.

Ce n'est pas pareil ; ça va te rendre gentil et détendu avec Blanca.

Je ne pense pas qu'elle ait envie que je sois détendu.

Fais-moi confiance, elle en a envie. Elle prendra la troisième pilule en arrivant.

Blanca aime ces trucs-là ?

Évidemment.

Est-ce que c'est une… adolescente délurée, un peu désaxée ?

Tu sais bien que oui.

La vache, je m'en doutais, mais je ne voulais pas demander.

Tu le mets juste sous ta langue, comme ça.

D'accord. Elle a dix-sept ans ?

Ouais. Maintenant écoutons la musique et attendons que ça fasse effet.

Nous nous sommes installés sur le canapé de Victor en écoutant Johnny Cash ou un type dans le genre. Un cow-boy qui chante ses chansons de cow-boy. J'ai pensé à Blanca et j'ai senti qu'elle s'approchait. J'entendais presque le bruit de ses chaussures, en bas, dans la rue, ses pas dans l'escalier, la porte qui s'ouvrait brusquement. J'ai imaginé ça à plusieurs reprises, en espérant que la porte allait brusquement s'ouvrir au moment exact où je l'imaginais, et que mon rêve deviendrait enfin réalité. La musique, le cow-boy, faisaient partie de la scène. Ça a rendu l'air plus épais, comme si je réfléchissais à l'extérieur de ma tête. Mes pensées étaient dans l'air, à chevaucher la chanson comme un cheval. J'ai commencé à voir Victor comme un cow-boy. Et sans trop savoir pourquoi, j'ai parlé. Alors que pourtant je n'aime pas trop les dialogues, j'ai lancé :

Victor.

Ouais.

Tu es un peu le cow-boy, toi.

Ouais. Quel cow-boy ?

Qui chante la chanson, la chanson de cow-boy.

C'est vrai que c'est moi. Tu entends cette tristesse dans ma voix ?

Oui.

Il y a beaucoup de tristesse en moi.

Je l'entends.

Je pense qu'il y a une douleur similaire en toi.

Oui. J'ai tellement envie de la voir, Victor. Tu ne peux pas savoir.

Je sais.

Est-ce que tu pourrais juste me montrer une photo ? S'il te plaît.

Tu sais que je ne peux pas faire ça.

Pourquoi pas ?

Viens sur le canapé.

Je me suis assis à côté de Victor, et j'ai su qu'elle commençait à agir, la drogue. Il m'a tenu la main je lui ai frotté bien fort le bras, de plus en plus fort, et tout allait bien. Puis nous n'avons plus été que frottements sur toute la longueur de nos vieux corps de géants. Ça a été comme un truc de nique. J'ai pensé à des aigles en train de niquer et ensuite je me suis rappelé qu'ils ne niquent pas, ils pondent des œufs. Je l'ai repoussé.

Et si Blanca entrait dans la pièce ? Tu es son frère.

On n'a qu'à juste enlever nos chemises. On peut garder nos pantalons.

Tu es gay ?

J'ai dit qu'on pouvait garder nos pantalons.

Quand est-ce qu'elle s'arrête, cette drogue ? Si je bois de l'eau, ça s'arrêtera plus vite ?

Laisse les choses se faire. Tout va bien. Laisse-toi aller. Il n'y a pas de Blanca.

Pendant trois heures je ne l'ai pas cru. Je suis resté assis dans la chambre de Victor, il était installé sur le canapé, et nous avons attendu que l'effet de la drogue s'estompe, et moi j'ai attendu Blanca. Quand la drogue a cessé d'agir, j'ai brusquement su qu'il avait raison. C'est comme si j'avais été sous l'emprise de cette drogue pendant les trois derniers mois, et que maintenant j'étais redevenu normal. Je suis sorti de la chambre et je me suis assis sur le canapé.

J'ai l'impression qu'elle a été tuée.

Je suis désolé.

Est-ce que tu as seulement une sœur ?

Non.

Pourquoi est-ce que tu m'as emmené voir tes parents ?

Je voulais qu'ils te rencontrent avant de mourir.

Ah.

J'ai eu l'impression que l'air se multipliait, je ne pouvais même pas réfléchir à ce que disait Victor tellement j'étais inquiet à l'idée de ne pas arriver à garder le rythme vis-à-vis de l'air. J'ai essayé de me considérer comme une machine à respirer. Je me suis dit : Tu ne mourras pas d'avoir trop respiré, parce que tu es une machine à respirer spécialement calibrée pour s'adapter aux changements de quantité d'air dans la pièce.

Il a dit : parle-moi des filles.

Quelles filles ?

Tu aimes les petites filles.

Non, les adolescentes.

Où est-ce que tu les rencontres ?

Quoi ? Je ne fais pas ça, je me contente d'y penser.

C'est bien.

Ouais. Je ne ferais pas ça.

Même pas avec Blanca ?

Ouais, peut-être qu'avec Blanca, mais elle – ce n'est pas pareil.

Tu n'aimes pas les femmes adultes ?

Jusqu'à maintenant non, pas encore.

Tu as déjà couché avec une femme ?

Ouais.

Et un homme ?

Non.

Victor m'a enveloppé dans ses bras et j'ai eu mal au ventre et à la bite, aussi. Elle était fébrile et douloureuse et je me la suis frottée pour m'éclaircir les idées. Victor l'a frottée aussi, il avait des larmes sur les joues et les lèvres. J'avais envie de lui donner un coup de poing, de le transpercer d'un coup de poing et de remplir ensuite ce trou avec mon corps, et c'est ce que j'ai fait, j'étais en train de le faire. Il sanglotait à présent, comme Blanca aurait sangloté, comme un enfant. Quand j'ai joui, j'ai joui sur le canapé ; je ne voulais pas jouir dans lui à cause des dangers inhérents au sperme. Mais il l'a léché sur le canapé et ensuite il m'a embrassé en enfonçant bien la langue, donc si le sperme présentait des dangers, je n'étais pas à l'abri. Nous avons dormi. Ça a été un sommeil de cent ans. Quand nous nous sommes réveillés, il faisait encore nuit, et Victor a passé la main devant moi pour allumer la lumière.

Nous étions deux vieillards. Tout paraissait ordinaire, voire trop ordinaire. Il y avait une mouche dans la pièce, qui bourdonnait de telle manière qu'on savait que rien d'incroyable n'avait jamais eu lieu ici. J'ai commencé à penser au travail, aux nouveaux qui avaient été embauchés pour le montage des œillets. Il fallait que je pense à leur parler de l'attache qui manquait sur la thermoscelleuse. Je savais que si je disais quelque chose à ce propos, si je prononçais la formule « montage des œillets », alors tout serait comme avant, pour toujours, amen.

Il va falloir qu'on parle aux nouveaux, demain.

Ouais ? Albie ne les a pas briefés, mercredi ?

Ouais, mais ceux qui sont au…

J'étais sur le point de dire « montage des œillets ». La formule « montage des œillets » s'élevait de l'obscurité humide sous ma gorge ; le *m* arrivait en premier avec le mouvement des lèvres qui caractérise le son *m*. Mais à cet instant la mouche qui bourdonnait a fait une embardée vers mon oreille et, en un réflexe animal, farouche et instinctif, je l'ai écrasée d'un geste vif contre la lampe. Celle-ci s'est brisée en mille morceaux, dans un vacarme disproportionné, correspondant à une lampe dix fois plus grosse. En dernier lieu, l'ampoule a explosé dans un feu d'artifice qui est retombé doucement en s'éteignant. Nous n'avons rien dit, mais le brusque retour de l'obscurité a semblé être une question qui se posait, comme un sourcil se fronce, en suspens. Ce que j'allais faire ensuite, ou dire, ferait pencher la balance. Je n'ai pas dit « montage des œillets » mais le *m* m'est resté dans la gorge, la voix allait d'un instant à l'autre être audible.

J'ai murmuré.

Et Victor s'est tourné vers moi, tout de suite, il a pressé son visage contre mon cou. La nouvelle vie est venue facilement après cela, un murmure.

Cette personne

Quelqu'un s'excite. Quelqu'un quelque part trem-
ble d'excitation parce que quelque chose de remar-
quable est sur le point d'arriver à cette personne.
Cette personne s'est habillée pour l'occasion. Cette
personne a espéré et rêvé et maintenant cela est en
train d'arriver pour de bon et cette personne a du
mal à le croire. Mais la question n'est pas d'y croire ;
le temps de la foi et du fantasme est révolu ; c'est
vraiment vraiment en train d'arriver. Il va s'agir de
s'avancer et d'incliner la tête. Voire de mettre un
genou à terre, comme lorsqu'on est nommé chevalier. On n'est presque jamais nommé chevalier. Mais
il est possible que cette personne pose un genou
à terre et reçoive un petit coup d'épée sur chaque
épaule. Ou, ce qui est plus probable, que cette personne soit dans une voiture, dans un magasin ou
sous un toit de vinyle, quand cela arrivera. Ou sur
Internet ou au téléphone. Il se peut que ce soit un
e-mail, re : votre adoubement. Ou un long message
téléphonique délirant, entrecoupé de rires, dans
lequel chaque personne que cette personne a connue
tout au long sa vie annoncera dans le combiné : Tu
as réussi le test, ce n'était qu'un test, nous ne faisions que plaisanter, la vraie vie est tellement mieux

que ça. Cette personne rit tout haut et réécoute le message pour noter l'adresse de l'endroit où toutes les personnes que cette personne a connues tout au long de sa vie attendent cette personne pour la serrer dans leurs bras et la faire entrer dans le tumulte de la vie. C'est vraiment excitant, et ce n'est pas juste un rêve, c'est la réalité.

Ils attendent tous près d'une table de pique-nique, dans un parc, devant lequel cette personne est passée de nombreuses fois auparavant. Les voilà, il y a tout le monde. Des ballons sont attachés aux bancs, et la fillette à côté de laquelle cette personne avait coutume de se tenir à l'arrêt de bus agite une banderole. Tout le monde sourit. Sur le coup, cette personne est presque effrayée par la scène, mais ce serait tellement typique de cette personne d'être déprimée le jour le plus heureux de sa vie, alors du coup cette personne se ressaisit et se mêle à la foule.

Des professeurs qui enseignaient des matières dans lesquelles cette personne n'était même pas bonne embrassent cette personne et renoncent précisément aux matières qu'ils enseignaient. Les profs de maths disent que les maths étaient une façon amusante de dire « Je t'aime ». Mais à présent, ils le disent, tout simplement, je t'aime, les professeurs de chimie et d'EPS le disent aussi, et cette personne voit bien qu'ils le pensent vraiment. C'est juste complètement étonnant. Certains crétins, imbéciles et autres trous du cul apparaissent de temps en temps, et c'est comme s'ils avaient subi une opération de chirurgie esthétique, leurs visages sont défigurés par l'amour. Les trous du cul qui étaient beaux sont tout à fait quelconques et gentils, les crétins qui étaient laids sont sympas, ils plient le pull de cette personne et le mettent quelque part à l'abri, pour ne pas qu'il se salisse. Et le mieux dans tout ça, c'est que toutes les personnes que cette personne a aimées tout au long de sa vie sont là. Même celles qui l'ont quittée. Elles prennent cette personne par la main et disent à cette personne qu'il leur a été difficile de faire semblant de se mettre en colère pour prendre la voiture et ne jamais revenir. Cette personne n'arrive presque pas à y croire, ça paraissait tellement réel, cette personne en avait eu le cœur brisé, elle s'en était remise, et maintenant cette personne ne sait plus quoi en penser. Cette personne est presque en colère. Mais tout le monde calme cette personne. Tout le monde explique que c'était absolument nécessaire de savoir si cette personne était vraiment forte. Oh, regardez, voilà le médecin qui a prescrit le médicament qui a rendu cette personne temporairement aveugle. Et l'homme qui a versé deux mille dollars à cette personne pour qu'elle couche trois fois avec lui, à l'époque où cette personne était complètement fauchée. Ces hommes font tous les deux le service, ils semblent se connaître. Ils ont tous les deux des petites médailles qu'ils accrochent à la poitrine de cette personne ; ce sont des badges honorifiques qui célèbrent sa grande force. Ils étincellent au soleil, et tout le monde lance des hourras.

Cette personne ressent soudain le besoin d'aller voir à la poste s'il y a du courrier dans son casier. C'est une vieille habitude, et même si à partir de maintenant tout va être formidable, cette personne veut quand même recevoir du courrier. Cette personne dit qu'elle revient tout de suite, et tous les gens que cette personne a connus tout au long de sa vie disent : D'accord, prends ton temps. Cette personne monte dans sa voiture, se rend à la poste, ouvre son casier et il n'y a rien dedans. Pourtant on est mardi, un bon jour pour le courrier. Cette personne est tellement déçue, cette personne remonte dans sa voiture et, ayant complètement oublié le pique-nique, rentre à la maison, consulte son répondeur téléphonique, mais il n'y a pas de nouveaux messages, juste l'ancien, avec l'histoire de « test réussi » et de « vie meilleure ». Il n'y a pas d'e-mail non plus, certainement parce que tout le monde est au pique-nique. Apparemment cette personne n'a pas l'intention de retourner au pique-nique. Cette personne se rend compte que si elle reste à la maison elle fait faux bond à tous les gens que cette personne a connus tout au long de sa vie. Mais le désir de rester à la maison est très fort. Cette personne a envie de se faire couler un bain et ensuite de lire au lit.

Dans la baignoire, cette personne déplace les bulles et écoute le bruit de millions de petites bulles qui éclatent en même temps. Ça fait presque un son soyeux au lieu d'une multitude de sons minuscules. Les seins de cette personne émergent à peine à la surface de l'eau. Cette personne ramène l'écume sur ses seins et fait des formes bizarres avec la mousse. À l'heure qu'il est, ils ont tous dû réaliser que cette personne ne reviendrait pas au pique-nique. Ils se sont tous trompés ; cette personne n'est pas la personne qu'ils croyaient. Cette personne plonge sous l'eau et agite sa chevelure comme une anémone de mer. Cette personne peut rester sous l'eau pendant extrêmement longtemps, mais uniquement dans une baignoire. Cette personne se demande s'il y aura un jour une discipline olympique de retenue de respiration en baignoire. Si une telle discipline existait, cette personne remporterait certainement la médaille d'or. Une victoire olympique redorerait le blason de cette personne aux yeux de tous les gens que cette personne a connus tout au long de sa vie. Mais une telle compétition n'existe pas, il n'y aura donc pas de rachat. Cette personne se morfond, elle a gâché son unique chance d'être aimée de tout le monde ; comme cette personne monte dans son lit, le poids de cette tragédie semble peser sur la poitrine de cette personne. Et c'est un poids réconfortant, presque humain. Cette personne soupire. Les yeux de cette personne commencent à se fermer, cette personne dort.

Un bref instant de romantisme

Voilà en quoi nous sommes différents des autres animaux, a-t-elle dit. Mais gardez les yeux ouverts, de manière à voir le tissu. Nous avions toutes des serviettes blanches en tissu sur le visage, la lumière passait à travers. Ça paraissait plus brillant là-dessous, à croire que le tissu filtrait l'obscurité qui subsistait dans la pièce – les rayons obscurs que dégagent les choses et les gens. L'animatrice se déplaçait parmi nous en parlant, si bien qu'elle était partout en même temps. Oubliés, son visage et sa permanente ; il n'y avait plus que la voix et la lumière blanche, et ces deux éléments combinés avaient la saveur de la vérité.

Vous ne ferez jamais partie du monde. Elle se tenait assez près.

Les humains se fabriquent leurs propres mondes dans la petite zone qui se trouve devant leur visage. Maintenant elle était à l'autre bout de la pièce.

Pourquoi pensez-vous que nous soyons le seul animal qui embrasse ? Elle était revenue tout près.

Parce que la partie qui se trouve devant nos visages est notre zone la plus intime. Elle a pris une inspiration. *Voilà pourquoi les humains sont les seuls animaux capables d'éprouver du romantisme !*

Sous nos serviettes, nous étions calmes et nous nous posions des questions. Comment savait-elle cela ? Et les chiens ? Les chiens ne sentent-ils pas ce que nous sentons, multiplié par cent ? Mais nous ne pouvions pas conforter nos doutes en échangeant des regards. Sa voix vibrait avec une telle assurance qu'en la croyant on éprouvait une sensation de libération et d'évidence. Pourquoi retirer le doigt quand on peut le laisser tranquillement faire partie intégrante de la main. Il *constitue* la main ! Bien sûr ! Les doigts et la main forment un tout, ces distinctions sont comme des entraves. Je vois la lumière ; elle passe à travers la serviette.

Le monde minuscule devant votre visage est une illusion, et le romantisme lui-même est une illusion !

Nous haletions. Mais c'était un halètement à retardement : nous étions un groupe assez lent.

Même la distribution des serviettes avait été difficile à organiser. Nous avions finalement décidé que chacune en prendrait une et passerait le tas à sa voisine.

Le romantisme n'est pas réel, et le monde sous votre serviette non plus. Mais comme vous êtes humaines, vous ne pouvez jamais relever le bout de tissu. Alors autant apprendre à être la femme la plus romantique possible. Voilà ce dont les humains sont capables : de romantisme. Maintenant, vous pouvez enlever la serviette.

Nous n'étions pas certaines d'y arriver, parce que nous étions humaines, mais ça s'est fait très facilement, et l'auditorium a paru encore plus obscur qu'avant. J'avais espéré que nous serions désormais un autre type d'animal, un animal qui aurait pu faire partie du monde. Mais la serviette n'était qu'une métaphore, nous étions quarante femmes réunies, un samedi matin, dans le but de devenir plus romantiques. Une des femmes avait encore sa serviette sur la tête ; elle s'était probablement endormie.

Nous faisions de gros efforts car nous voulions obtenir des résultats. Nous nous sommes mises deux par deux et avons fait le jeu du miroir, prononçant non en inspirant et oui en expirant. Nous avons mis les mains autour de nos chevilles en imaginant qu'elles appartenaient à quelqu'un d'autre, nous avons ensuite essayé de courir en faisant comme si quelqu'un d'autre essayait de courir, comme si quelqu'un que nous aimions essayait de s'enfuir en courant, et nous le retenions par les chevilles, nous inspirions non et expirions oui, puis nous avons lâché les chevilles et nous avons couru, dans tout l'auditorium, quarante femmes. Nous avons ensuite regagné le cercle et avons parlé phéromones et autres sortes de buées.

Souvenez-vous, vous n'êtes pas obligées de faire du monde entier un endroit romantique, ni même de toute la chambre. Concentrez-vous juste sur l'espace limité qui se trouve devant votre visage. Ce n'est pas hors de portée, même les femmes qui travaillent seront d'accord avec moi. Parce que lorsqu'il vous regarde (il ou elle, d'ailleurs – le sentiment romantique n'a pas de préjugés), il doit regarder à travers l'air qui se trouve devant votre figure. Cet espace est-il pollué ? Est-il tout rose ? Est-il embrumé ? Je vous invite à réfléchir à ces questions pendant la pause déjeuner.

Nous avons mangé nos sandwichs et nous nous sommes regardées à travers l'air devant nos visages. Il paraissait limpide, mais il ne l'était peut-être pas. Nous y avons réfléchi sérieusement en buvant le soda qui nous avait été fourni. Cela pouvait tout changer.

Je me suis levée et je me suis retrouvée seule dans le couloir, j'ai appuyé le visage contre la paroi. Elle était lambrissée et sentait le pipi, comme tant de choses. Le romantisme. Mon appartement. Le romantisme. Ma Honda. Le romantisme. Mes problèmes de peau. Le romantisme. Mon boulot.

J'ai tourné la tête et appuyé l'autre joue contre la paroi.

La cloche nous rappelait à l'intérieur pour la session finale. Le romantisme. Mon terrible manque d'amis ayant les mêmes centres d'intérêt que moi. Le romantisme. L'âme. Le romantisme. La vie sur d'autres planètes. Le romantisme. J'ai regardé dans le couloir. Il y avait quelqu'un. C'était Theresa, qui avait été ma partenaire lors de notre exercice respiratoire en binôme au jeu du miroir. Nous avions synchronisé nos respirations, puis les avions syncopées, ensuite nous avions discuté de l'effet ressenti, pour savoir ce qui était le plus romantique. La bonne réponse était « syncopée ».

Je me suis avancée dans le couloir et j'ai vu que Theresa était assise par terre à côté d'une chaise. C'est toujours mauvais signe. Un terrain glissant. Mieux vaut s'asseoir sur les chaises, manger quand on a faim, dormir, et se lever pour aller au travail. Mais nous sommes toutes passées par là. Les chaises sont pour les gens, et vous n'êtes pas sûre d'en être. Je me suis agenouillée à côté d'elle. Je lui ai frotté le dos, puis je me suis arrêtée en pensant que c'était peut-être un geste trop familier, mais ça m'a paru froid, alors je lui ai tapoté l'épaule, autrement dit, je ne la touchais qu'un tiers du temps. Les deux autres tiers, ma main faisait le trajet jusqu'à elle ou bien était sur le chemin du retour. Plus je tapotais longtemps, plus cela devenait dur ; je me focalisais trop sur les intervalles entre les petites tapes, je n'arrivais pas à trouver un rythme naturel. J'avais l'impression de taper sur une conga, et à partir du moment où j'ai eu cette idée en tête, il a fallu que je joue un petit cha-cha-cha, et Theresa s'est mise à pleurer. J'ai arrêté de lui tapoter le dos pour la serrer dans mes bras, elle m'a embrassée à son tour. J'avais rendu les choses suffisamment horribles pour que la tristesse de Theresa monte d'un cran, et j'ai à mon tour été envahie par ce sentiment. Nous nous sommes mutuellement emportées dans cette misère débordante et nous avons pleuré ensemble. Chacune pouvait sentir le shampooing de l'autre et les détergents que nous avions choisis pour le linge, j'ai senti qu'elle ne fumait pas mais que quelqu'un qu'elle aimait fumait, et elle a pu se rendre compte que j'étais grosse mais que ce n'était pas génétique, pas permanent, qu'il fallait juste que je retrouve à nouveau ma voie. Les boutons-pression de nos jeans se sont effleurés et nos seins ont échangé avec lassitude leurs histoires, des légendes de sur et de sous-utilisation, d'inondations, de famines et de ce n'est pas grave, laisse tomber. Chacune a mouillé le chemisier de l'autre et nous avons poussé nos pleurs devant nous, comme une lanterne, en quête de tristesses nouvelles et oubliées, des tristesses mortes poliment des années auparavant, mais qui en fait n'étaient pas mortes, elles étaient revenues à la vie avec un peu d'eau. Nous avions aimé des gens que nous n'aurions vraiment pas dû aimer, puis nous en avions épousé d'autres afin d'oublier nos amours impossibles, ou bien nous avions jadis lancé un appel dans le chaudron du monde, mais nous avions détalé avant que quiconque puisse répondre.

Toujours à courir, et toujours à vouloir revenir sur nos pas, mais en nous éloignant toujours davantage, jusqu'à ce que ce soit finalement une scène dans un film où une fille lance son appel dans le chaudron du monde, et vous êtes juste une femme qui regarde le film avec son mari sur le canapé, il a allongé ses jambes sur vos genoux et vous avez besoin d'aller aux cabinets. Il y avait des choses de cet ordre qui donnaient envie de pleurer. Mais la principale raison de pleurer que nous avions c'était que nous voulions détremper l'air devant nos visages. C'était romantique. Pas un romantisme amoureux, mais le romantisme qu'il peut y avoir à partager l'air entre nos yeux, nos épaules, nos poitrines, nos ventres et nos cuisses. Il y avait tant d'air à partager. Petit à petit nous avons ralenti, puis arrêté, et après un long moment de calme – au revoir – nous nous sommes séparées. Ensuite est venue l'euphorie, des vents chauds d'Hawaï ont séché nos larmes et ont dégagé la voie qui nous ramenait au monde matériel. C'était une joie d'être là, à côté de la chaise. Nous nous sommes tenu la main et avons ri en feignant une gêne qui lentement s'est installée et est devenue réalité.

Nous nous sommes relevées, Theresa s'est vivement épousseté le derrière, comme si elle était tombée. J'ai tiré sur les manches de mon cardigan. Arrivées au bout du couloir, nous sommes entrées dans l'auditorium juste à temps pour aider à empiler les chaises. Il n'y avait pas de méthode particulière, si bien que nous avons involontairement fait des tas intermédiaires trop lourds à porter pour être assemblés. Des tas de différentes hauteurs sont restés isolés. Après avoir récupéré nos sacs à main, nous avons regagné nos voitures.

Une chose qui n'a besoin de rien

Dans un monde idéal, nous aurions été orphelines. Nous avions l'impression d'être orphelines et de mériter la pitié dont bénéficient les orphelins, mais le problème un peu gênant c'est que nous avions des parents. Moi, j'en avais même deux. Avec eux, je n'avais jamais le droit d'aller à ma guise, alors je ne leur ai pas dit au revoir ; j'ai rempli un petit sac et j'ai laissé un message. En allant chez Pip, je me suis arrêtée pour échanger contre du liquide les chèques que j'avais reçus pour mon diplôme. Puis je me suis assise sur le perron, devant chez elle, et j'ai fait semblant d'avoir douze ans, voire quinze ou même seize. À tous ces âges j'avais rêvé de ce jour ; j'avais même imaginé que je serais assise ici, à attendre Pip pour la dernière fois. Elle, elle avait le problème inverse : sa mère la laissait aller à sa guise. Sa mère avait d'énormes jambes gonflées, qui étaient le symptôme de quelque chose de bien pire, et elle suivait du matin au soir un traitement à base de marijuana.

On va y aller, maman.

Où ?

À Portland.

Est-ce que tu peux d'abord me rendre un service ? Tu peux me passer le magazine, là ?

Nous avions hâte de commencer notre vie de jeunes filles seules au monde. Il a été facile de trouver un appartement parce que nous n'avions aucune exigence ; nous n'en revenions pas que ce soit *notre* porte, *notre* moquette pourrissante, *notre* infestation de cafards. Nous l'avons décoré avec des banderoles en papier et des lampions chinois, et avons partagé le lit antédiluvien qui avait été laissé dans le studio. C'était formidablement excitant pour l'une de nous deux. L'une de nous deux avait depuis toujours été amoureuse de l'autre. L'une de nous deux vivait dans un état de désir perpétuel. Mais nous nous étions connues enfants et étions apparemment destinées à dormir comme des enfants, ou comme un vieux couple d'avant la révolution sexuelle, qui aurait été trop timide pour se mettre au goût du jour.

Nous étions tout excitées à l'idée de trouver du boulot ; pratiquement partout où nous allions, nous remplissions un dossier de candidature. Mais une fois embauchées comme finisseuses de meubles, nous avons eu du mal à croire que c'était ça que les gens faisaient vraiment de leurs journées. Ce que nous avions cru être le monde était en fait le boulot de quelqu'un. La moindre ligne de peinture sur le trottoir, le moindre petit biscuit salé. Tout le monde était obligé de payer pour avoir sa moquette pourrissante et sa porte. Atterrées, nous avons démissionné. Il devait bien exister un moyen plus honorable de vivre. Nous avions besoin de temps pour réfléchir à notre situation, pour énoncer une théorie qui permettrait de dire qui nous étions, et la mettre en musique.

Avec ce but en tête, Pip a trouvé un nouveau plan. Nous l'avons mis en œuvre avec détermination : trois semaines d'affilée, nous avons rédigé et rerédigé, et derechef soumis notre annonce au journal local. Finalement, ça n'a plus trop ressemblé à une proposition flagrante de prostitution, même si, pour la lectrice ayant l'œil, il ne pouvait s'agir de rien d'autre. Le *Portland Weekly* l'a acceptée. Notre cible c'étaient les femmes riches qui aimaient les femmes. Est-ce que cela existait ? Ce pouvait être aussi une femme ayant des revenus moyens mais disposant d'économies.

L'annonce est passée pendant un mois, et notre répondeur a été saturé de réponses intéressées. Chaque jour nous écoutions les voix de centaines d'hommes en attendant de trouver la femme spéciale qui nous payerait notre loyer. Elle a mis du temps à venir. Peut-être ne lisait-elle même pas cette rubrique de l'hebdomadaire gratuit. Nous avons commencé à perdre patience. Nous savions que c'était le seul moyen de gagner de l'argent sans nous compromettre. Pouvions-nous payer M. Hilderbrand, notre propriétaire, en coupons alimentaires ? Non. Était-il intéressé par le vieil appareil photo que la grand-mère de Pip lui avait prêté ? Non. Il voulait être payé de manière traditionnelle. Pip a commencé à écouter à contrecœur les messages, à la recherche d'un homme doux. J'ai observé le visage de garçon de Pip, qui était occupée à écouter les messages, et je me suis rendu compte qu'elle était terrifiée. J'ai pensé à son petit derrière qui ressemblait tant à une pâtisserie, et à l'univers tout chaud et compliqué qu'elle avait entre les jambes. Faites que ce soit un homme défraîchi, qui en fait ait juste envie de nous voir gesticuler en petites culottes ! Soudain, Pip a souri et noté un nom. Leanne.

Le bus nous a laissées en haut de l'allée gravillonnée, conduisant au garage, que Leanne avait décrite au téléphone. Nous lui avions dit que nous nous appelions Astrid et Tallulah, et nous espérions que Leanne était également un pseudonyme. Nous avions envie qu'elle porte une veste d'intérieur ou un boa. Nous espérions qu'elle connaîtrait l'œuvre d'Anaïs Nin. Et nous espérions qu'elle ne ressemblerait pas à l'idée qu'on pouvait se faire d'elle en l'entendant au téléphone. Autrement dit, ni pauvre ni vieille, ni prête à payer pour recevoir la visite de quelqu'un ayant fait tout le trajet jusqu'à Nehalem, 210 habitants. Pip et moi nous sommes approchées de la petite maison marron. Un repas mijotait, quelque chose de pas bon, ça se sentait d'ici. Une femme est apparue devant la maison, elle fronçait les sourcils. Il était difficile de deviner son âge, de là où nous étions, de ce moment de nos vies où nous ne pouvions pas nous intéresser à de vieux corps. Elle avait peut-être l'âge de la sœur aînée de ma mère. Comme tante Lynn, elle portait un caleçon, un caleçon bleu roi, et un grand chemisier boutonné avec une sorte de motif appliqué. Sous le coup de la peur et de la nervosité, mon esprit s'est mis à enfler. J'ai regardé Pip et, l'espace d'un court instant, j'ai eu la sensation qu'elle n'était pas quelqu'un de spécial dans le schéma plus général de ma vie. C'était juste une nana qui m'avait attachée à sa jambe pour que je l'aide à couler quand elle sauterait du pont. Puis j'ai cligné des yeux et j'ai de nouveau été amoureuse d'elle.

Elle nous salue de la main, nous faisons de même. Nous la saluons de la main jusqu'à être assez près pour dire bonjour et nous lui disons bonjour. À présent nous sommes assez près pour nous prendre dans les bras, mais nous ne nous prenons pas dans les bras. Elle dit : Entrez, et à l'intérieur, il fait noir, il n'y a pas d'enfants. Évidemment qu'il n'y a pas d'enfants. Pip réclame immédiatement l'argent, nous nous sommes entendues là-dessus avant. C'est toujours horrible d'avoir à réclamer. Nous aimerions être une chose qui n'a besoin de rien, comme de la peinture. Encore que même avec la peinture, parfois, une nouvelle couche est nécessaire. Nous avons aussi décidé de n'utiliser aucun ustensile, car nous n'en avons pas. Ces choses-là nous gênent. Et maintenant que nous sommes sur place, nous n'avons pas l'impression que des instruments ou des liquides spéciaux changeraient grand-chose. Leanne nous dit qu'elle ne s'attendait pas à ce que nous soyons si jeunes, et de nous asseoir. Nous prenons place sur un vieux canapé en vinyle et elle sort de la pièce. C'est une pièce épouvantable, avec des magazines entassés partout et des meubles qu'on verrait bien dans un motel. Nous n'échangeons pas un regard et évitons soigneusement tous les objets susceptibles de nous renvoyer notre reflet. Moi, j'observe mes genoux.

Pendant un long moment, nous ignorons où elle est, et ensuite, lentement, je sens qu'elle est debout juste derrière nous. Je m'en rends compte juste avant qu'elle passe ses ongles dans mes cheveux. Je ne pensais pas qu'elle était du genre sexuel, mais c'est là que je vois que je n'y connais rien. Ça a commencé, et chaque seconde nous rapproche de la fin. Je me dis que les ongles longs signifient richesse ; l'idée de la richesse m'apaise toujours. Je me convaincs que je sens du parfum. Et si nous utilisions toutes du shampooing de luxe ? Et si nous plaisantions tout le temps et ne prenions rien au sérieux ? Ma tête se détend, je me livre à l'exercice mental consistant à imaginer que je me transforme en miel. Mon esprit ralentit jusqu'à atteindre un niveau qui serait considéré comme non opérationnel dans n'importe quel autre boulot. Je ne suis vivante qu'une seconde sur quatre, je n'enregistre qu'un quart d'heure par heure. Je vois qu'elle est debout devant nous, en culotte, une culotte pas vraiment propre et je meurs. Je vois Pip enlever ses chaussures et je meurs. Je me vois en train de pincer un mamelon et je meurs.

Pendant le long trajet du retour, ni l'une ni l'autre n'a pipé mot. Nous étions des cerfs-volants emportés dans des directions opposées, attachés à des ficelles retenues d'une main. L'argent que nous venions de gagner était aussi dans cette main. Pip s'est arrêtée pour acheter un paquet de chips avant de rentrer à la maison, nous avions donc maintenant le loyer moins 1,99 dollar. Il paraissait à présent évident que nous aurions dû demander plus. Pip a mis l'argent dans une enveloppe sur laquelle elle a écrit *Mr. Hilderbrand*. Puis nous sommes restées debout, à une certaine distance l'une de l'autre, meurtries, couvertes de l'odeur de Leanne.

Nous nous sommes tourné le dos et avons commencé à tirer sur toutes les ficelles minuscules de notre souffrance. Je me suis fait couler un bain. Juste avant d'entrer dans la baignoire, j'ai entendu la porte d'entrée se refermer et je me suis figée en plein mouvement ; elle était partie. Ça lui arrivait de faire ça. Là où d'autres couples se seraient disputés ou retrouvés, elle, elle fichait le camp. Un pied dans le bain, j'ai attendu qu'elle revienne. J'ai passé un temps déraisonnablement long à attendre, assez long pour réaliser qu'elle ne reviendrait pas ce soir. Mais qu'arriverait-il si j'attendais ? Si j'attendais ici, nue, qu'elle revienne ? Au moment où elle franchirait le seuil de l'entrée, je pourrais terminer mon geste, et m'accroupir dans l'eau qui serait alors froide. Ce n'était pas juste une pensée poétique ; j'avais déjà fait des choses bizarres de ce genre. Je m'étais cachée sous des voitures pendant des heures, en attendant qu'on me retrouve ; j'avais écrit le même mot sept mille fois pour tenter de synthétiser l'alchimie du temps. J'ai étudié ma position dans la baignoire. Le pied dans l'eau était déjà tout plissé – dans quel état serais-je, à la nuit tombée ? Et lorsqu'elle reviendrait à la maison, combien de temps faudrait-il avant qu'elle regarde dans la salle de bains ? Se souviendrait-elle que je me faisais couler un bain quand elle était partie, comprendrait-elle que le temps s'était arrêté à cet instant ? Et même si elle réalisait que j'avais accompli pour elle cet exploit impossible, que se passerait-il ? Elle ne remerciait jamais, n'était jamais bienveillante. Je me suis lavée rapidement en faisant de grands mouvements exagérés, qui m'ont empêchée de succomber à la paralysie.

J'ai fait les cent pas dans notre pièce exiguë. L'idée de sortir ne m'est même pas venue à l'esprit ; sans elle, j'étais absolument incapable de me repérer dans la ville. Il n'y avait qu'une seule chose que je ne pouvais pas faire quand elle était avec moi, alors au bout d'un certain temps, je me suis allongée sur le canapé et je l'ai faite. J'ai fermé les yeux. Dans tous mes vieux souvenirs, nous avions entre six et huit ans. Nous étions sous les couvertures du canapé pliant de sa mère, ou en haut, sur les lits superposés, ou sous la tente, dans son jardin. Chaque lieu avait son propre potentiel ; je me rappelais les dangers inhérents à chacun, et leurs odeurs. Quel que soit l'endroit où nous étions, tout commençait lorsque Pip murmurait : On s'accouple ? Elle se glissait sur moi ; chacune passait les bras dans le dos de l'autre. Nous frottions nos petites hanches l'une contre l'autre en essayant de trouver le frottement idéal. Ça explosait comme une sorte de flash de tout le corps.

Mais juste avant d'en arriver là, j'ai remarqué une sorte de cliquetis qui retentissait dans le vide. Un bruit discret mais insistant, présent au point de me déconcentrer. Puis j'ai levé la tête. Au-dessus de ma tête, nos cinq lampions chinois tanguaient imperceptiblement. En tendant la main, j'ai soudain compris pourquoi, mais il était trop tard pour m'arrêter. J'en ai secoué un et toute une colonie de cafards est tombée par le trou du bas. Même en tombant ils continuaient de grouiller. Ils prévoyaient leur conquête du lieu où ils allaient atterrir avant même d'avoir touché le sol. Et lorsqu'ils se sont retrouvés par terre, ils ne sont pas morts, ils n'ont même pas envisagé qu'ils pourraient mourir. Ils se sont enfuis.

*

Quand Pip est finalement revenue à la maison, nous avons décidé d'un commun accord que ce que nous avions fait avec Leanne ne valait pas le coup. Mais quelques jours plus tard, nous avons vu Nastassja Kinski dans un film, *Paris, Texas*. Elle était vêtue d'une tenue d'infirmière étonnante et travaillait dans un peep show. Je me suis dit que ça semblait être un boulot plutôt facile, du moment que Harry Dean Stanton ne se pointait pas, mais Pip n'était pas de cet avis.

Pas question. Je ne ferai pas ça.

Je pourrais le faire sans toi.

Ça l'a mise dans un tel état de colère qu'elle a fait la vaisselle. Nous ne faisions jamais la vaisselle, sauf quand nous tâchions d'être grandioses et autodestructrices. Je me suis tenue dans l'encadrement de la porte et j'ai essayé de ne pas briser le silence, tout en la regardant racler des nouilles calcifiées. À vrai dire, je n'avais pas encore appris à détester qui que ce soit hormis mes parents. Je suis restée là, debout, amoureuse. Je n'étais même pas vraiment debout, d'ailleurs ; si elle s'était brusquement écartée, je serais tombée.

Je ne le ferai pas, pas grave, ai-je dit rapidement.

Tu as l'air déçue.

Non.

C'est bon ; je sais que tu as envie qu'ils te regardent.

Qui ?

Les hommes.

Non.

Si tu fais ça, alors je ne pourrai plus être avec toi.

C'était, en un sens, la chose la plus romantique qu'elle m'eût jamais dite. Cela sous-entendait que nous habitions ensemble non pas parce que nous étions des copines d'enfance et que nous ne connaissions personne d'autre, mais pour une autre raison. Parce que nous ne voulions ni l'une ni l'autre que des hommes me regardent. Je lui ai dit que jamais je ne travaillerais dans un peep show, et elle a arrêté de faire la vaisselle, ce qui signifiait qu'elle voulait dire que tout allait bien à nouveau. Mais moi je n'allais pas bien. Au cours des dix dernières années, nous ne nous étions touchées que trois fois.

1. Quand elle avait onze ans, son oncle a essayé d'attenter à sa pudeur. Quand elle m'en a parlé, j'ai fondu en larmes, alors elle m'a frappé au menton et je me suis roulée en boule sur moi-même pendant quarante minutes jusqu'à ce qu'elle me déroule. J'ai gardé les yeux fermés pendant qu'elle écartait mes

genoux de ma poitrine et j'ai senti qu'elle regardait mon corps ; j'ai su que si je restais les yeux clos, cela allait arriver, et c'est effectivement arrivé. Elle a glissé la main sous mes cuisses et a tâtonné jusqu'à localiser la chose qu'elle connaissait sur elle-même. Ensuite elle a bougé le doigt violemment, de manière animale, ce qui n'a pas tardé à provoquer en moi la bonne vieille impression de flash. Quand ça a été terminé, elle m'a dit de n'en parler à personne, et je me suis demandé de quoi elle parlait : de ce qu'elle avait fait avec moi ou bien de ce qui s'était passé avec son oncle ?

2. Nous nous sommes saoulées pour la première fois à l'âge de quatorze ans, et pendant neuf minutes environ, tout a semblé possible, et nous nous sommes embrassées. Ce contact m'a paru d'une normalité prometteuse ; les jours qui ont suivi, j'ai attendu que nous nous embrassions à nouveau, voire que nous échangions des bagues, des écussons ou des médaillons. Mais il n'y a pas eu d'échange, nous avons toutes les deux gardé nos petites affaires.

3. En terminale, j'ai eu, à un moment donné, une autre copine. C'était une fille ordinaire, elle s'appelait Tammy, elle aimait les Smiths. Il n'y avait aucune chance que je tombe un jour amoureuse d'elle car elle était aussi misérable que moi. Chaque jour, elle me faisait part de toutes ses réflexions, et j'ai pensé que c'était ce que la plupart des filles faisaient ensemble. J'avais moi aussi drôlement envie de parler de moi, mais il était difficile de savoir par où commencer. Elle était toujours tellement en avance sur moi, dans la minutie des poèmes qu'elle avait écrits en référence aux rêves qu'elle avait faits. Alors je me contentais de passer du temps avec elle, imitant vaguement l'attitude de Pip. Pip n'avait pas une très haute opi-

nion de Tammy, mais elle était vaguement intriguée par la normalité de notre amitié.

Qu'est-ce que vous faites, toutes les deux ?

Rien. On écoute des cassettes, des trucs comme ça.

C'est tout ?

Le week-end dernier, on a fait des sablés au beurre de cacahuète.

Ah. Vous avez dû bien vous amuser.

Tu te moques ?

Non, je le pense vraiment.

Elle m'a donc accompagnée, quand je suis retournée chez Tammy. Ça m'a un peu crispée parce que les parents de Tammy étaient systématiquement là. Habituellement, les parents étaient toujours un peu mal à l'aise, en présence de Pip, qui ressemblait bien plus à un garçon qu'à une fille, et qui se débrouillait pour que les mères se mettent à flirter, et que les pères se sentent bizarrement menacés. Mais les parents de Tammy étaient en train de regarder un film, et ils nous ont juste saluées d'un vague geste quand nous sommes entrées. Comme prévu, nous avons écouté des cassettes. Pip a demandé si nous allions faire des sablés au beurre de cacahuète, mais Tammy a dit qu'elle n'avait pas les ingrédients. Puis elle s'est jetée sur le lit et nous a demandé si on était petites copines ou quoi. Un vide effroyable a empli la chambre. J'ai regardé par la fenêtre et répété le mot « fenêtre » dans ma tête, j'étais prête à fenêtre-fenêtre-fenêtrer indéfiniment, mais soudain Pip a répondu.

Ouais.

Cool. J'ai un cousin qui est gay.

Tammy nous a dit que nous n'avions rien à craindre dans sa chambre, que nous n'étions pas obligées de faire semblant, puis elle nous a montré un auto-collant rose fluo que son cousin lui avait envoyé. Il y avait marqué dessus NIQUE TON SEXE. Nous avons toutes les trois regardé l'autocollant en silence, nous pénétrant des deux sens possibles. *Au moins* deux, sans doute plus. Tammy avait l'air d'attendre quelque chose, comme si Pip et moi allions docilement nous sauter dessus à l'instant où nous aurions pris connaissance de la consigne impérieuse de l'autocollant. Je savais que nous la décevions, à rester gentiment assises sur le lit. Pip a dû aussi avoir cette impression, car elle a brusquement passé le bras sur mon épaule. Cela ne s'était encore jamais produit, j'étais donc pétrifiée, ce qui était assez compréhensible. Et puis petit à petit, très lentement, j'ai ajusté la position de mon corps de manière à adopter une posture confortable. Pip a seulement cligné des yeux quand j'ai posé la main à plat sur ses cuisses en soupirant. Tammy a bien observé tout cela et a même imperceptiblement opiné pour signifier son assentiment avant de reporter son attention sur la musique. Nous avons écouté les Smiths, le Velvet Underground, et les Sugarcubes. Pip et moi n'avons pas une seule fois changé de position. Mais au bout d'une heure vingt, j'avais mal au dos et tellement de fourmis dans la main qu'elle ne semblait plus reliée au reste de mon corps. J'ai demandé à Tammy où se trouvaient les toilettes, et je suis sortie de la chambre.

Dans la chaleur poudreuse de la salle de bains, je me suis sentie euphorique. J'ai fermé la porte à clé et j'ai exécuté une série de mouvements involontairement baroques dans la glace. Je me suis adressé des signes hystériques, j'ai fait subir à mon visage des contorsions hideuses, détestables. Je me suis lavé les mains comme j'aurais lavé des enfants, j'en ai bercé une, puis l'autre. J'ai fait l'expérience de l'individualité portée à son paroxysme. Le terme scientifique pour désigner ce spasme est le « dernier hourra ». La sensation s'est vite dissipée. Je me suis essuyé les mains sur une toute petite serviette bleue et j'ai regagné la chambre.

Et j'ai su juste avant de le voir. J'ai su que j'allais les trouver toutes les deux sur le lit dans cette position, j'ai su que j'en serais abasourdie, j'ai su qu'elles allaient se séparer en sursautant, s'essuyer la bouche. Pip a refusé de me regarder dans les yeux. Plus jamais je n'adresserais la parole à Tammy. J'ai su qu'on aurait toutes notre bac, j'ai su que Pip et moi habiterions ensemble comme prévu. Et j'ai su qu'elle n'avait pas envie de moi. Jamais. D'autres filles, oui, n'importe quelle fille, mais pas de moi.

*

Maintenant que nous avions payé le loyer, nous nous sentions en mesure d'aborder la question des cafards avec le propriétaire. Il a dit qu'il enverrait quelqu'un, mais qu'il ne fallait pas trop se faire d'illusions.

Pourquoi ?

Ma foi, ce n'est pas juste votre appartement ; tout l'immeuble est infesté.

Vous devriez peut-être leur demander de s'occuper de tout l'immeuble, dans ce cas.

Ça ne changerait pas grand-chose ; ils viendraient d'autres immeubles.

C'est tout le pâté de maisons ?

C'est le monde entier.

Je lui ai dit pas grave, dans ce cas, et je me suis empressée de raccrocher, avant qu'il entende Pip qui donnait ses coups de marteau. Nous faisions des rénovations ; plus précisément, nous construisions un sous-sol. L'appartement était tout petit, mais les plafonds étaient hauts, et il y avait un espace inutilisé considérable au-dessus de nos têtes. Pip estimait que les lofts c'était pour les hippies, et donc notre studio avait beau être au premier étage, elle avait dessiné des plans de manière à ce que la pièce principale soit basse de plafond, mais ensuite, en cas d'humeur morose, nous pourrions accéder au sous-sol à l'aide d'une échelle. Nous y laisserions toutes les choses lourdes, comme le réfrigérateur et la baignoire, mais tout le reste serait en haut. Nous imaginions toutes deux parfaitement le sous-sol. Une odeur minérale et humide. Là-haut c'était la maison. Là-haut, le dîner nous attendait.

Parmi les nombreuses bonnes raisons que nous avions de construire un sous-sol, il y avait le fait que nous pouvions avoir du bois gratuitement. Pip avait rencontré une nana dont le père était le propriétaire des Charpentes Berryman, Boiseries, Équipement. Kate Berryman. Elle avait juste un an de moins que nous et allait dans un lycée privé, à côté de là où habitait la grand-mère de Pip. Je ne l'avais jamais rencontrée, mais j'étais contente que nous puissions lui soutirer quelque chose. Nous pratiquions une forme sporadique et assez relâchée de lutte des classes qui sanctionnait toutes les sortes de vol. Pas une personne, pas un commerce, pas un hôpital, pas une bibliothèque, pas un parc qui ne nous eût volées, que ce soit psychiquement ou historiquement, par conséquent nous n'avions de cesse de récupérer notre dû. Kate se croyait probablement dans notre camp, lorsqu'elle bataillait pour sortir de grandes planches de contreplaqué de l'arrière du break de ses parents. Elle les laissait dans la ruelle, derrière notre immeuble, et klaxonnait trois fois au moment où elle repartait en voiture. À son signal, nous quittions l'immeuble d'un pas nonchalant, nous faisions semblant de partir pour une promenade, nous nous arrêtions même parfois pour acheter un soda, avant de nous engager arbitrairement, comme sur un coup de tête, dans l'allée. Nous montions le bois à l'appartement, convaincues que nous étions d'avoir truandé tout le monde. Il y avait toujours un mauvais pas dont nous arrivions à nous tirer, ce qui impliquait qu'il y avait toujours quelqu'un pour nous observer, autrement dit nous n'étions pas seules en ce bas monde.

Chaque matin, Pip dressait une liste de ce qu'il fallait que nous fassions ce jour-là. Tout en haut de la liste figurait souvent : *aller à la banque*, où le café était gratuit. Les objectifs suivants étaient souvent vagues – *se renseigner sur les coupons d'alimentation, la carte de bibliothèque* – mais la liste me procurait une sensation de confort. J'aimais la regarder l'écrire et savoir que quelqu'un était au gouvernail pour la journée. Le soir nous discutions souvent de la façon dont nous décorerions le sous-sol, mais pendant la journée les travaux progressaient lentement. En tout cas, nous ne manquions pas de bois ; les planches étaient posées contre les murs et en travers du canapé, comme des chiens mal dressés.

Nous étions en train d'essayer de clouer un poteau dans le sol en lino de la cuisine lorsque Pip décida que nous avions besoin d'un certain type de tasseau.

Tu es sûre ?

Ouais. Je vais appeler Kate et elle va nous en apporter.

Elle n'est pas en cours ?

Pas grave.

Pip a passé le coup de fil puis est allée prendre une douche. J'ai continué à enfoncer de longs clous à travers le poteau dans le sol. Le poteau a commencé à bien tenir. C'était un sentiment satisfaisant. Il n'aurait pas résisté au moindre poids, mais il tenait tout seul. Il était presque aussi haut que moi, et je n'ai pas pu m'empêcher de lui donner un nom. Gwen.

L'interphone a sonné, et Pip, encore toute mouillée, est allée à la porte. C'était Kate. J'ai été étonnée qu'elle soit venue directement chez nous, mais je me suis dit que les tasseaux étaient trop petits pour faire l'objet d'une livraison à la dérobée. Assise par terre dans la cuisine, j'ai levé la tête pour la regarder. Elle était en uniforme scolaire. Elle n'avait pas les tasseaux. Elle les avait peut-être cachés sous sa jupe.

Où sont les tasseaux ? ai-je demandé.

La panique s'est lue dans ses yeux, et Kate a regardé Pip. Pip lui a pris la main et elles m'ont toutes les deux fait face avec une sobriété glaçante. Il faut qu'on t'annonce quelque chose, a dit Pip.

Soudain j'ai eu froid. Mes oreilles ont été si froides qu'il a fallu que j'appuie les mains dessus. Mais je me suis rapidement rendu compte que je donnais l'impression de me les couvrir, comme pour ne pas avoir à écouter, comme le singe qui refuse d'entendre les mauvaises nouvelles. Alors je me suis frotté les paumes en demandant : Vous avez froid aux oreilles, vous ? Pip n'a pas répondu, cependant Kate a secoué la tête.

D'accord, vas-y, ai-je dit.

Kate et moi on va habiter ensemble chez ses parents.

Pourquoi ?

Qu'est-ce que tu veux dire ?

Eh bien, le père de Kate n'a sûrement pas très envie que tu t'installes dans sa maison après tout ce que tu lui as volé.

Je vais travailler aux Charpentes Berryman pour le rembourser. Il est même possible que je me fasse assez d'argent pour m'acheter une voiture.

J'ai réfléchi à ce que je venais d'entendre. J'ai imaginé Pip au volant d'une voiture, une modèle T, avec des lunettes de motocycliste et une écharpe qui volait au vent derrière elle.

Est-ce que je peux travailler moi aussi aux Charpentes Berryman ?

Pip s'est soudain mise en colère. Oh, écoute !

Quoi ? Je ne peux pas ? Dis-moi juste que je ne peux pas, si je ne peux pas.

Tu fais exprès de ne pas comprendre !

Quoi ?

Elle a levé la main de Kate, qu'elle tenait serrée dans la sienne, et l'a secouée en l'air.

Brusquement j'ai eu très chaud aux oreilles, elles étaient bouillantes, et il a fallu que je les ventile en agitant les mains de part et d'autre de ma tête, pour qu'elles refroidissent. C'en a été trop pour Pip ; elle a attrapé son sac à dos et a quitté l'appartement d'un pas lourd. Kate lui a couru après, et la porte a claqué derrière elles.

Je ne pouvais pas la laisser sortir de l'immeuble. J'ai couru jusqu'au bout du couloir et je me suis jetée sur elle. Elle s'est secouée pour que je lâche prise ; j'ai serré ses genoux dans mes bras. Je sanglotais et je gémissais, mais pas comme dans un dessin animé où quelqu'un sanglote et geint, ça se passait en vrai. Si elle s'en allait, j'allais devenir muette, comme ces enfants qui ont été témoins d'atrocités. Hormis ces enfants, personne ne pourrait me comprendre. Elle détachait mes doigts un par un de ses tibias. Kate s'est agenouillée pour l'aider, et j'ai trouvé repoussant le contact de sa peau, qui avait la texture du pudding, j'avais envie de la perforer, je me suis jetée sur sa poitrine. Pip a choisi cet instant pour dévaler les escaliers et Kate s'est débrouillée pour lui emboîter le pas. Je me cramponnais au cardigan de Kate. Je leur ai couru après, je les ai vues monter à la hâte dans la voiture de Kate. Avant que la voiture s'en aille, j'ai fermé les yeux et je me suis jetée sur le trottoir. J'y suis restée comme ça, allongée. C'était mon dernier espoir, qu'elle ait pitié de moi. J'ai entendu leur voiture tourner au ralenti à côté de moi. J'ai écouté le ron-ron de la circulation et les pas des piétons qui prenaient soin de m'éviter. J'entendais presque Pip et Kate se disputer dans la voiture, Pip voulait sortir pour venir m'aider, Kate était pressée de quitter les lieux. J'ai posé la joue contre le trottoir en signe de prière. Des talons hauts se sont approchés de moi et se sont arrêtés ; une vieille dame m'a demandé si ça allait. J'ai chuchoté que j'allais bien et j'ai prié en silence pour qu'elle s'en aille. Mais la vieille dame insistait, alors j'ai fini par ouvrir les yeux pour la convaincre de s'en aller. La voiture de Kate était partie.

J'ai pris le téléphone dans le lit et j'ai dormi pendant trois jours. Par moments, j'ouvrais les yeux suffisamment longtemps pour me souvenir qu'elle était partie, alors je perdais à nouveau connaissance. Dans mes rêves, je savais qu'il suffisait que je creuse pour finir par tomber sur elle. Les tunnels se rétrécissaient au fur et à mesure de ma reptation, jusqu'à ne plus être que des mèches de cheveux complètement emmêlées sur lesquelles je ne pouvais que tirer.

L'après-midi du troisième jour, le téléphone a sonné. Je l'ai exhumé des tréfonds plissés du lit. Je voulais qu'elle sache, dès qu'elle entendrait ma voix, que j'étais à l'agonie. J'ai décroché, soulevé l'appareil et ai prononcé un salut tellement misérable et caverneux qu'il a traversé le langage comme du gravier. Allô.

C'était M. Hilderbrand, le propriétaire. Dans une réalité parallèle et bizarre, une réalité de science-fiction, il fallait payer le loyer. Cela faisait juste un mois que nous avions tiré la culotte crasseuse de Leanne. J'ai raccroché et regardé la pièce. Les cafards se déplaçaient en troupeaux à travers les prairies de vêtements. Dans la cuisine, Gwen tenait toujours, ayant le tact de garder le silence. Une grande structure similaire à une table qui vacillait au milieu de la pièce. C'étaient les premiers centimètres carrés de l'étage. Je me suis glissée dessous en rampant, et j'ai imaginé Pip et Kate à table avec M. et Mme Berryman. Pip avait souvent décrit ce scénario. Nous ne pouvions pas passer devant une maison cossue sans qu'elle imagine que les gens voudraient qu'elle habite avec eux, il suffisait pour cela qu'ils sachent qu'elle en avait envie. Elle se voyait en gamine des rues charmante, un animal de compagnie pour les mères aisées. C'était une arnaque. Rien au monde n'était autre chose qu'une entourloupe, soudain j'ai compris cela. Rien n'avait vraiment d'importance et rien ne pouvait être perdu.

Je suis allée à la salle de bains et me suis à plusieurs reprises aspergé le visage, et ça a été facile. En fait, je pouvais faire n'importe quoi. J'ai enlevé le jean et le tee-shirt dans lesquels j'avais dormi. Nue, je me suis recroquevillée par terre et j'ai découpé les jambes de mon pantalon à l'aide d'un cutter. J'ai remis le jean mini-mini découpé à la va-vite. Tout riquiqui tout chti. J'ai découpé le tee-shirt de manière à laisser par terre SI TU AIMES LE JAZZ. KLAXONNE recouvrait à peine mes petits seins, mais bon. Et puis j'ai quitté l'appartement. J'ai marché dans le couloir, il y avait un petit panier de vieilles pommes devant la porte de la voisine, avec un écriteau sur lequel était écrit : POUR MES VOISINS, JE VOUS EN PRIE, PRENEZ-EN UNE. Et puis je crevais de faim. J'ai pris une pomme et la porte s'est ouverte d'un coup. Je n'avais jamais vraiment vu cette voisine, mais maintenant je voyais bien que c'était une junkie. Une vieille junkie. Elle portait une veste en laine qu'elle avait trouvée dans le couloir, je le savais. C'était le cardigan de Kate. Elle m'a dit que je pouvais en prendre une autre, puis a demandé que je la serre dans mes bras. Je l'ai serrée fort, avec une pomme dans chaque main. La semaine d'avant, j'aurais eu peur de la toucher, mais maintenant je savais que je pouvais faire n'importe quoi.

Je n'avais pas d'argent pour le bus, alors j'ai marché. C'était incroyablement loin. Un cheval aurait été épuisé de parcourir au galop une telle distance. Quand des oiseaux parcouraient une telle distance, ça s'appelait une migration. Mais ça n'a pas été dur, ça a pris du temps, c'est tout, et j'avais entre soixante et soixante-dix ans devant moi. C'était une expérience nouvelle de traverser la ville avec un short mini et un tee-shirt sur lequel il y avait marqué KLAXONNE. Les gens klaxonnaient sans même avoir vu le tee-shirt. J'ai souvent eu l'impression qu'on allait me tirer une flèche ou une balle dans le dos, mais ça ne s'est pas produit. Le monde n'était pas plus sûr que ce que je pensais, au contraire, il était si dangereux que ma violente nudité y trouvait parfaitement sa place, comme un accident de voiture, cela arrivait tous les jours.

L'endroit où je me rendais se trouvait dans un centre commercial, entre un magasin d'animaux domestiques et un cash-center. J'ai demandé au type à la caisse s'ils embauchaient, il m'a tendu un formulaire à remplir. Quand je le lui ai rendu, il l'a regardé sans ciller, et je me suis dit qu'il ne savait peut-être pas lire. Il a dit que je pouvais commencer le soir même si je voulais bien revenir à neuf heures. J'ai dit : Génial. Il a dit qu'il s'appelait Allen, j'ai dit que je m'appelais Gwen.

J'ai traîné dans le centre commercial pendant trois heures. Le magasin d'animaux domestiques était fermé, mais je voyais les lapins à travers la vitrine. J'ai appuyé les doigts sur le verre et un gros aux oreilles pendantes s'est prudemment approché par petits bonds. Il m'a regardé d'un œil, puis de l'autre. Son nez frétillait, et pendant un moment j'ai eu le sentiment qu'il me reconnaissait. Il me connaissait d'avant, comme un vieux professeur ou un ami de mes parents. Les yeux du lapin transperçaient mes vêtements, il reniflait l'odeur d'urgence triste que je dégageais, et devinait que j'étais sur une pente savonneuse. Puis je me suis relevée, je me suis épousseté les genoux, et je suis entrée chez Mr. Peeps, Vidéo club pour adultes et plus.

La partie « et plus » se déroulait dans le fond. Allen m'y a laissée en compagnie d'une femme qui s'appelait Christy. Elle était assise sur une chaise de jardin en plastique vert et portait une salopette OshKosh B'Gosh. Tout en contemplant les robustes boutons pression dorés, je me suis demandé si tout ce qui était familier n'appartenait pas en fait à une pègre sexuelle secrète. Elle m'a fait visiter la cabine et s'est mise à ranger dans un sac de sport Adidas des godemichés, des flacons et des colliers de perles. Ses ustensiles étaient étalés sur une vieille serviette à fleurs, et j'ai su qu'en sentant la serviette je reconnaîtrais la même odeur que celle de ma grand-mère. Mamie. Christy a enveloppé un petit pot à confiture vide dans la serviette.

C'est pour quoi ?

Faire pipi.

Même le pipi avait sa place dans cette histoire. Elle m'a montré la liste des tarifs et la fente par laquelle les clients glissaient les billets. Elle a levé la main en l'air pour indiquer que le rideau se relevait. Elle a nettoyé un combiné de téléphone avec du produit pour les vitres et une serviette en papier et m'a dit de ne jamais le laisser poisseux. Ensuite, rapidement et d'un geste efficace, elle a coiffé sa longue chevelure en une queue-de-cheval, a chargé son sac Adidas à l'épaule, et est partie.

Le magasin était très calme, comme une bibliothèque. Je me suis assise sur la chaise de jardin en plastique vert et j'ai ajusté mon short et mon tee-shirt. Les lumières fluorescentes bourdonnaient avec une persévérance sur laquelle le temps n'avait pas prise. J'ai basculé la tête pour les observer en imaginant que c'étaient elles, et non pas les étoiles, qui se trouvaient suspendues au-dessus de la civilisation depuis ses débuts. Elles avaient bourdonné dans le ciel pendant l'âge de glace, à l'époque de l'homme de Neandertal, et maintenant elles bourdonnaient au-dessus de ma tête. Je me suis levée pour entrer dans ma cabine. Moi, je n'avais rien à étaler sur une serviette ; je n'avais même pas de serviette. Tout ce que j'avais, c'était la clé de l'appartement. Si je ne me faisais pas assez d'argent ce soir, il faudrait que je refasse à pied tout le long trajet du retour. De nuit. Dans cette tenue. Je me retrouvais dans une situation unique : il fallait que je fasse un *live fantasy show* afin d'assurer ma sécurité personnelle.

Je me suis entraînée à décrocher le téléphone. Je l'ai fait cinq fois, de plus en plus vite, comme si c'était pour cela qu'on allait me payer. Je n'avais jamais prononcé les mots qu'il allait falloir que je dise autrement que sous forme de jurons. J'ai essayé de penser à ces mots en termes de séduction. J'ai essayé de les dire sur le ton de la séduction, mais ils sont sortis dans un chuchotement aspiré. Et si je n'arrivais pas à les prononcer ? À quel point cela serait-il bizarre ? L'homme exigerait d'être remboursé, et je ne pourrais pas prendre le bus. Prise de panique, j'ai dit tous les mots cochons en un seul long juron : enculé lèche la raie pute salope suceuse de bite lécheuse de couilles. J'ai raccroché. Au moins, j'étais capable de les prononcer.

Je suis restée plus de trois heures assise sur la chaise en plastique. Pendant ce temps, deux hommes sont entrés dans le magasin. Ils m'ont tous les deux reluquée par-dessus les présentoirs de vidéos, mais aucun ne s'est approché. Une fois le deuxième reparti, Allen s'est écrié de derrière son comptoir :

C'est le deuxième que tu laisses repartir !

Quoi ?

Il faut que tu prennes les devants ! Tu ne peux pas te contenter de rester le cul sur ta chaise, là-bas !

Pigé !

Vingt minutes plus tard, un homme en sweat-shirt noir est entré. Il m'a regardée par-dessus un présentoir de magazines, je me suis levée et je suis venue à sa rencontre. Sur son sweat-shirt, il y avait la photo d'une galaxie avec une flèche dirigée vers un point minuscule et les mots : VOUS ÊTES ICI. L'homme a levé les yeux pour me regarder et a fait semblant d'être surpris. Je l'imaginais soulever instinctivement son chapeau en présence d'une dame, mais il n'avait pas de chapeau.

Est-ce qu'un *live fantasy show* vous intéresserait, monsieur ?

Ouais. D'accord.

Il m'a suivie au fond de la boutique. Nous nous sommes séparés un instant et nous nous sommes retrouvés dans la cabine, avec le rideau descendu sur la paroi de verre. J'ai entendu le crissement caractéristique d'un portefeuille à velcro, vingt dollars sont tombés avec légèreté dans la boîte en plastique verrouillée, et le rideau s'est levé. Il avait déjà son sexe sorti et le téléphone à la main. J'ai décroché le combiné. Mais comme je l'avais craint, j'étais muette. Je suis restée paralysée, comme sur un rocher au-dessus d'un lac glacé. Je n'avais jamais été forte pour me jeter à l'eau, pour abandonner un élément et en rejoindre un autre. J'étais capable de rester sur place la journée entière en laissant à l'infini les autres gamins passer devant moi. Il se livrait énergiquement à son mouvement montant et descendant, et cela faisait une drôle de vision, pas quelque chose qu'on voit tous les jours ; en fait, je n'avais encore jamais vu ça. Il a dit quelque chose dans le téléphone, mais je n'ai pas saisi. Nous avions beau être tout près, la réception n'était pas très bonne.

Excusez-moi ?

Tu pourrais te déshabiller ?

Ah. D'accord.

Depuis tout petit on apprend à ne pas se déshabiller devant des inconnus. Garder ses vêtements est en réalité la règle numéro un de la civilisation. Même un canard ou un ours paraît civilisé quand il est habillé. J'ai ôté mon short en jean, laissé tomber ma petite culotte, enlevé mon tee-shirt. Je suis restée plantée là, nue comme un ours ou un canard. L'homme m'a regardée en se concentrant avec sévérité, mes seins pâles, la touffe de poils entre mes cuisses, il passait de l'un à l'autre. Il levait la tête de temps en temps pour vérifier que je l'observais. Je me suis appliquée à fixer son pénis en espérant que cela suffisait, mais au bout de quelques secondes, il m'a demandé si ce que je voyais me plaisait. Je me suis à nouveau trouvée sur mon rocher ; en contrebas, des gamins disparaissaient dans l'eau dans des gerbes d'éclaboussures, ils me criaient : Saute ! Mais je savais que sauter, c'était comme mourir, il allait falloir que je me détende, que je cesse de m'accrocher. J'ai réfléchi à ma situation. Elle n'avait pas appelé, elle n'appellerait pas, j'étais toute seule, et j'étais ici – pas même au sens abstrait, pas ici sur terre ou dans l'univers, mais vraiment *ici*, debout nue devant cet homme. J'ai passé la main entre mes jambes et j'ai dit : Ta grosse bite toute dure m'excite.

À cinq heures du matin, je glissais à travers la nuit en bus. Le bus n'était qu'une formalité, en fait je volais dans le vide, et j'étais plus grande que la plupart des gens, je mesurais 2,70 mètres ou 3,60 mètres, et je pouvais voler, je pouvais sauter par-dessus les voitures, je savais dire « bite » avec voracité, douceur, timidité, sur le ton de la supplication, je pouvais voler. Et j'avais 325 dollars en poche. Rester debout sur un pied dans la baignoire jusqu'à son retour, ce n'était pas seulement une façon de retenir le temps, c'était aussi un rituel pour la faire revenir. Je serais Gwen jusqu'à ce qu'elle revienne à la maison.

J'ai acheté un négligé vert citron, un godemiché avec lequel je me suis moi-même dépucelée, et une perruque noisette, style coupe au carré, de la marque Elan. Si je détestais mon boulot, cela me plaisait de savoir que j'étais capable de le faire. J'avais naguère cru en un moi intérieur précieux, mais plus maintenant. Je m'étais crue fragile, je ne l'étais pas. C'était comme réaliser soudain qu'on est fort en sport. Je me fichais du football mais c'était assez incroyable d'être dans la National Football League. Je racontais de longues histoires dans lesquelles je m'impliquais, et qui tournaient perpétuellement autour de ma chatte humide, j'ouvrais les moindres recoins de mon corps, je disais aux clients qu'ils me manquaient et ces clients sont devenus des habitués, et ces habitués sont devenus des désaxés qui me guettaient à la sortie. J'ai appris à rester dans la boutique jusqu'à la dernière seconde, en attendant que mon bus arrive, avant de foncer devant tous ceux qui étaient tapis dans le parking, je leur faisais signe en criant : Venez me voir jeudi ! Et elle me manquait terriblement.

Un soir, le bus a été en retard et un client m'a suivie dehors jusqu'au bord du trottoir. Il est resté debout à côté de moi, à l'arrêt de bus, je l'ai ignoré jusqu'à ce qu'il se mette à cracher. D'abord il a craché par terre, puis en l'air. J'ai senti de minuscules postillons m'arriver en pleine figure, j'ai serré les lèvres et reculé. Lui aussi a reculé tout en poursuivant ses tirs dispersés. Son harcèlement s'appuyait sur une logique tellement étrange que je me suis sentie désorientée, je n'arrivais pas à analyser la situation pour savoir si elle était terrifiante ou idiote, et c'est ce sentiment qui m'a dicté de retourner à l'intérieur. Je suis promptement repassée devant lui, j'ai commencé par marcher, ensuite j'ai couru, j'ai claqué la porte derrière moi. Mais Mr. Peeps n'était pas à proprement parler un lieu sûr, et je ne pouvais pas y rester éternellement. J'ai demandé à Allen de sortir voir si le client était encore là. Il était encore là. Allen ne pouvait-il pas lui dire de s'en aller ? Allen avait le sentiment qu'il ne pouvait pas a) parce qu'il ne faisait rien d'interdit par la loi, et b) parce que c'était un bon client. Allen pensait qu'il valait mieux que j'appelle une amie ou un taxi, que quelqu'un passe me prendre.

Je l'attendais depuis longtemps, ce moment, et je me suis émerveillée de la façon naturelle et logique avec laquelle l'occasion se présentait. Habituellement, j'imaginais que je m'empoisonnais ou que je me faisais renverser par une voiture. Un officiel, un flic ou une infirmière, me demandait si je voulais qu'ils appellent quelqu'un. Alors je chuchotais son nom. Elle travaille à l'entreprise Charpentes Berryman, Boiseries, Équipement, disais-je. La situation n'était pas non plus atroce, mais c'était une question de sécurité, et plus important, ce n'était pas moi qui avais eu l'idée de lui téléphoner. On m'en avait donné l'ordre, on m'avait presque obligée, un supérieur, Allen.

J'ai vite appelé les Charpentes Berryman, presque distraitement, en m'appliquant à parler comme quelqu'un qui aurait une question à poser sur le remplacement d'une lame de scie. Mais au moment où le téléphone s'est mis à sonner, mes perceptions sensorielles se sont dilatées, excluant tout ce qui n'était pas la sonnerie et le bruit de mon propre cœur.

Charpentes Berryman, Boiseries, Équipement, que puis-je faire pour vous ?

Je cherche à joindre Pip Greeley.

Un tout petit instant.

Un tout petit instant. Deux tout petits mois. Une toute petite vie. Un tout petit instant.

Allô ?

C'est moi.

Ah. Salut.

J'ai su que ça n'allait pas marcher. Ce ah salut. Je ne pouvais pas être la personne à qui l'on répondait comme ça. J'ai réajusté ma perruque. J'ai souri dans le vide, comme je souriais aux clients quand ils défaisaient leurs ceintures, et j'ai pris mon regard malicieux, comme si chaque chose était une nouvelle version d'un moment mémorable. J'ai recommencé.

Hé, je suis un poil dans le pétrin, je me demandais si tu pourrais me donner un petit coup de main.

Ouais ? Quoi ?

Je travaille à Mr. Peeps... Et il y a un type vraiment flippant qui me tourne autour. Tu as une voiture ?

Elle est restée silencieuse un moment. Je pouvais presque entendre le nom Mr. Peeps vibrer dans sa tête ; il évoquait un homme avec des yeux gros comme des horloges. Elle avait passé sa vie entière à éviter Mr. Peeps, et moi je débarquais avec mes gros sabots. J'étais soit repoussante et folle, soit autre chose. Quelque chose de surprenant. J'ai retenu ma respiration.

Elle a dit qu'elle pensait pouvoir emprunter un van, est-ce que je pouvais attendre vingt minutes, le temps qu'elle sorte du boulot ? J'ai répondu oui, je pense.

Nous n'avons pas parlé dans le van, et je ne l'ai pas regardée, mais j'ai senti qu'elle me dévisageait plusieurs fois avec perplexité. D'habitude, je me changeais et retirais ma perruque avant de rentrer à la maison, mais j'ai eu raison de ne pas le faire ce soir-là. J'ai regardé par la fenêtre en quête d'autres passagères amoureuses de leur conductrice, mais nous cachions bien notre jeu, nous affections l'ennui en priant pour qu'il y ait beaucoup de circulation. Juste au moment où son ancien domicile a été en vue, elle a brusquement tourné à gauche et a demandé si j'avais envie de voir où elle habitait maintenant.

Tu veux dire chez Kate ?

Non, ça n'a pas marché. J'habite dans le sous-sol d'un des gars avec qui je travaille.

Oui, bien sûr.

Le sous-sol pouvait être qualifié de « pas terminé ». C'était de la terre battue avec quelques planches jetées au petit bonheur, des îles sur lesquelles étaient posés un lit et quelques cageots de lait. Elle a agité une lampe de poche et déclaré : Seulement soixante-quinze dollars par mois.

Vraiment.

Ouais, tout cet espace ! Plus de cent quarante mètres carrés. Je peux en faire ce que je veux.

Elle m'a fait visiter les lieux entre les poutrelles, tout en me parlant de ses projets. Au-dessus, quelqu'un a tiré la chasse, et j'ai pu quasiment entendre son collègue marcher au-dessus de nos têtes. Il s'est arrêté, un canapé a émis un craquement, une télé a été allumée. C'étaient les infos. Elle a glissé la lampe torche dans la boucle d'une ficelle suspendue et un fin faisceau de lumière est tombé sur son oreiller. Je me suis étendue sur le lit et j'ai bâillé. Elle m'a regardée des pieds à la tête.

Tu peux rester ici si tu veux, je veux dire, si tu es fatiguée.

Je vais peut-être piquer un roupillon.

Moi, il faut que je fasse un peu de ménage.

Toi, tu vas faire le ménage et moi, je vais piquer mon roupillon.

Je l'ai écoutée balayer les quatre planches flottantes. Elle a balayé de plus en plus près, elle a balayé tout autour du matelas. Puis elle a posé le balai et est venue me rejoindre dans le lit. Nous sommes restées comme ça, parfaitement immobiles, pendant un temps incroyablement long. Finalement, l'homme à l'étage a toussé, ce qui a mis en branle une vague d'énergie cinétique. Pip a placé les épaules de manière à ce que le bout le plus éloigné de son tee-shirt m'effleure le bras ; j'ai recroisé les jambes, en faisant en sorte que ma cheville frôle négligemment son tibia. Cinq secondes supplémentaires ont passé, comme une rythmique de batterie ultra-grave, nous sommes tous les trois restés figés. Puis il a bougé sur son canapé et nous nous sommes instantanément tournées l'une vers l'autre, les bouches se sont trouvées, nos mains se sont attrapées urgemment, voire douloureusement. Il a semblé nécessaire d'être tout d'abord brutales, pour mimer la colère et ne céder sur rien. Mais nous avons lutté jusqu'à tard dans la nuit, et une fois la lampe torche éteinte, j'ai été étonnée par ses douces attentions.

Donc voilà ce que c'était que de ne pas être moi. Voilà qui elle était. Parce que, attention, pas d'erreur, pendant tout ce temps, je n'ai pas quitté ma perruque. J'étais persuadée que c'était grâce à elle que tout cela était possible, et je pense avoir eu raison. La perruque et le fait que je n'aie pas pleuré alors que j'en avais désespérément envie, et envie aussi de lui dire combien j'avais été misérable, je voulais lui faire promettre de ne plus jamais me quitter. Je voulais qu'elle me supplie de laisser tomber mon boulot, après quoi j'ai eu envie de quitter mon boulot.

Mais elle ne me l'a pas demandé, et en fait Mr. Peeps était essentiel. Chaque soir elle venait me chercher avec le van des Charpentes Berryman, elle m'emmenait sous la maison et me faisait l'amour. Et chaque matin, je repassais chez moi, et j'enlevais ma perruque. Je grattais mon cuir chevelu tout transpirant et accordais deux heures de respiration à ma tête avant de prendre le bus pour aller travailler. J'ai vécu ainsi pendant huit jours splendides. Le neuvième jour, Pip a suggéré que nous sortions prendre un petit déjeuner avant que j'aille travailler.

J'aimerais bien, mais il faut que je rentre à la maison, que je me prépare.

Tu es super belle.

Mais il faut que je me lave les cheveux.

Tes cheveux sont super beaux.

J'ai mis la main dans mes faux cheveux en rigolant, mais elle n'a pas souri.

Vraiment, ils sont super beaux.

Nous nous sommes regardées droit dans les yeux et une sensation inamicale est passée entre nous. Évidemment c'était une perruque, je savais qu'elle le savait, mais elle était brusquement décidée à me pousser dans mes retranchements. J'ai imaginé que nous nous affrontions en duel, nos délicats fleurets brandis en l'air.

Alors d'accord, allons prendre un petit déjeuner.

Je pourrai te déposer à Mr. Peeps.

Très bien. Merci.

Tout le monde sait que si l'on enduit de peinture le corps d'un être humain, la personne n'a rien à craindre, du moment qu'on ne lui recouvre pas la plante des pieds. Il suffit d'une petite chose comme ça pour tuer quelqu'un. Cela faisait presque trente heures consécutives que j'avais la perruque sur la tête, et tandis que je me déshabillais, me contorsionnais et gémissais, j'ai commencé à avoir chaud, trop chaud. En milieu de journée, de la transpiration me dégoulinait sur les tempes, mais les hommes continuaient d'arriver, j'ai engrangé des bénéfices incroyables, ce jour-là. Allen m'a même tapoté dans le dos quand je suis partie, en me disant : Bon boulot, championne. Pip était dans le van, mais la traversée du parking m'a paru longue et bizarre. J'ai cru reconnaître un client accroupi à côté de sa voiture, mais non, c'était juste un homme normal penché au-dessus de quelque chose dans une cage. Il a murmuré : Eh oui, on te ramène à la maison.

Pip m'a directement mise au lit et a même emprunté le thermomètre de son collègue du dessus. Mais elle ne m'a pas proposé d'enlever ma perruque, et dans ma fièvre j'ai compris ce que cela voulait dire. Je l'ai vue dans la clairière avec un pistolet et j'ai su, sans même regarder, que mes mains étaient vides. Mais je pouvais gagner en faisant semblant d'avoir un pistolet. Pour gagner il suffisait que je dise pan et que je la laisse me tirer dessus. Si je mourais ainsi, en tant que Gwen, est-ce que le reste de moi-même continuerait à vivre ? Et puis c'était quoi, le reste de moi ? Je me suis endormie avec cette question en tête, je me suis enfoncée dans la nuit en tirant sur les mèches nouées, jusqu'à ce que la perruque tombe. Le lendemain matin, je ne l'ai pas remise, et Pip n'a pas demandé comment je me sentais ; elle a vu que j'allais bien. Elle n'a pas proposé de m'accompagner au travail, et nous avons su toutes les deux que, ce soir-là, elle ne viendrait pas me chercher.

Je suis restée assise sur ma chaise en plastique vert, sous les lumières fluorescentes. La journée a passé de manière incroyablement lente. À croire que tous les hommes de la terre étaient trop occupés pour se masturber. Je les imaginais en train d'accomplir des actes vertueux, résoudre des crimes, apprendre à leurs enfants comment faire la roue. C'était la dernière heure de ma journée qui en comportait huit, et je n'avais pas fait un seul *live show*. C'en était presque sinistre. J'ai regardé la pendule et la porte et j'ai commencé à faire des paris entre les deux. Si aucun client n'arrivait dans le quart d'heure, j'allais crier le nom d'Allen. Un quart d'heure a passé.

Allen !

Quoi.

Rien.

Il ne restait maintenant plus que vingt minutes. Si personne ne se présentait au cours des vingt prochaines minutes, j'allais crier « je », comme dans « personnellement moi je ». Au bout de sept minutes, la sonnette de la porte a retenti, et un homme est entré. Il a acheté une vidéo et est reparti.

Je.

Quoi ?

Rien.

Les huit dernières minutes. Si aucun client n'entrait, j'allais crier le mot « démissionne ». Comme dans fini, j'en ai assez, je rentre à la maison. J'ai regardé fixement la porte. Elle a menacé de s'ouvrir à chacune de mes respirations, à chaque minute qui passait. Un. Deux. Trois. Quatre. Cinq. Six. Sept. Huit.

J'embrasse une porte

Maintenant que je sais, ça paraît tellement évident. Soudain, le moindre de mes souvenirs recèle un indice. Je me rappelle un magnifique manteau bleu en laine avec des boutons argentés plats. Il lui allait à merveille, il épousait même franchement ses formes.

Où est-ce que tu as trouvé ce manteau ?

C'est mon père qui me l'a acheté.

Vraiment ? Qu'est-ce qu'il est cool, ce manteau.

Il est arrivé ce matin.

C'est ton père qui l'a choisi ? Comment est-ce qu'il a su te choisir un truc aussi cool ?

Je sais pas.

Ça paraissait injuste qu'Eleanor soit si jolie tout en étant la chanteuse du groupe, et qu'elle ait, en plus, un père qui lui envoie des manteaux incroyables, achetés dans les magasins de luxe, qui lui allaient si parfaitement. Moi, mon père ne m'envoyait jamais rien, mais il m'appelait parfois pour me demander si je n'avais pas un boulot pour lui.

Je suis serveuse.

Mais ceux qui sont en dessous de toi dans la hiérarchie ?

Les aides-serveurs ?

Ouais !

On n'a pas d'aides-serveurs. C'est moi qui débarrasse les tables.

Tu pourrais m'engager en sous-traitance ; ça te ferait gagner beaucoup de temps.

Écoute, je ne peux pas t'envoyer d'argent.

Est-ce que je t'ai demandé de l'argent ? J'ai demandé du travail.

Je ne peux pas du tout, ces temps-ci.

Je ne veux pas d'argent ; je veux un chemin dans la vie qui ait un sens !

Il faut que je raccroche.

Juste cinquante dollars. Je paierai les frais de virement.

Quand Shy Panther a joué au Lyceum, le père d'Eleanor est venu la voir, et j'ai pu le rencontrer. Il était incroyablement bel homme, franchement imposant. En sa présence, elle était muette, et honnêtement, elle paraissait moins intéressante quand il était là. À tel point que lorsqu'elle est sortie de scène, la présence minuscule de cette nana a paru presque présomptueuse, à se demander comment elle avait imaginé que quelqu'un aurait envie de l'écouter. Elle chantait :

> *Il ressemble à une porte,*
> *Il a un goût de porte*
> *Et quand je l'embrasse*
> *J'embrasse une porte*

Son style monotone typique, son célèbre manque de présence sur scène, ce soir-là, n'étaient rien. Elle n'était pas cool. Elle était la fille étrange de la classe, obligée de réciter. Je l'ai regardée depuis l'arrière-scène, j'étais debout à côté de son père, en me demandant s'il appuyait son bras contre mon bras ou si je me faisais des idées. Oui, j'ai flirté avec lui, pas seulement à cet instant précis, mais toute la soirée. Il m'a dit une chose qu'aujourd'hui encore je me répète chaque jour. Il a dit : Les hommes craquent pour les femmes qui sont plus grandes qu'eux. Mais aujourd'hui, je sais que ce n'est pas tout à fait exact, et je fais précéder cette formule de « au paradis ». Au paradis, les hommes craquent pour les femmes qui sont plus grandes qu'eux. Et tous les vauriens qui meurent revivent. En fin de soirée, Eleanor et son père m'ont déposée à mon appartement et je me suis sentie jalouse, déconcertée, comme s'il l'avait choisie, elle, plutôt que moi. Bien sûr, ce n'était pas aussi clair, là, je psychanalyse *a posteriori*.

Lorsque l'album *Thunderheart* est sorti, je n'étais plus copine avec elle. Non pas à cause de cette soirée, mais parce que j'avais couché avec Marshall. Ce n'était pas son petit copain, c'est ce que je me suis dit en embrassant le devant de son jean, mais je savais qu'elle considérait les deux gars du groupe comme sa chasse gardée. Il avait un long pénis incurvé à l'envers, si bien que pour baiser je pouvais m'allonger sur son dos, le faire passer entre ses jambes pour me l'enfoncer. Ça paraît impossible, mais c'est vrai. Vous comprendriez mieux si je faisais un dessin.

Tu l'avais déjà fait, comme ça ? je lui ai demandé.

Non.

Tu mens !

Non, je ne savais même pas que c'était possible.

Alors je t'ai appris quelque chose ! Maintenant tu pourras tout le temps faire comme ça.

Ouais. Je pense que c'est peut-être le genre de truc plus agréable pour la nana.

Ah bon ? Oh zut, désolée. Tu veux arrêter ?

Euh, tu vas bientôt prendre ton pied ou pas ?

Je pense que je pourrais.

D'accord, très bien. Prends ton temps.

Non, en fait je ne peux pas. Échangeons nos places.

C'est Marshall qui m'a dit, pour Eleanor. Lui, cela faisait plus d'un an que je ne l'avais pas vu, et entre-temps j'avais rencontré Jimet ; j'étais peut-être déjà enceinte d'April. Il m'a tout raconté alors que nous étions dans la section *soul* du magasin de disques Spillers.

Elle vit avec ses parents ? Pourquoi ?

Pas ses parents, a-t-il dit, juste son père. Ils sont divorcés.

Mais pourquoi ? Elle va bien ?

Ma foi, non, à l'évidence non, si elle habite avec lui.

Elle est malade ?

Non. Tu as déjà rencontré son père ?

Ouais, au concert du Lyceum.

Alors tu es au courant.

Quoi.

Qu'il est amoureux d'elle.

Quoi ?

Bon sang, tu ne savais pas ça ?

Quoi ?

Il a divorcé de sa femme pour être avec elle. C'est pour ça qu'elle habitait à Lampeter pendant le lycée.

Ce n'est pas pour ça.

Mais si. Quand elle allait au lycée, ils vivaient en couple.

Je n'arrive pas à y croire. Non, elle me l'aurait dit.

Je suis désolé.

Pourquoi ne me l'a-t-elle pas dit ?

Je suis désolé.

108

Oh bon sang. Elle habite avec lui ? C'est ça ?

Je ne sais pas. Personne ne lui a parlé.

Mais c'est probable, hein ?

Ouais, c'est probable.

Quand je sors le disque maintenant, c'est comme une épée, ou un marteau. *Thunderheart*. Voici une incroyable pièce à conviction qui en dit long sur elle. C'est elle à cent pour cent, chantée de la seule voix qu'elle avait, une voix qui était suffisamment bonne, c'est en tout cas ce qu'elle avait décidé. Le groupe avait existé pendant deux ans ; les deux seules années où elle avait vécu toute seule, séparée de son père. Et pour autant que je sache, Marshall et Sal étaient les deux seuls à qui elle en avait parlé. C'était comme si elle était remontée de l'enfer pour accomplir cette chose unique, un disque, avant de retourner d'où elle venait. Mais qu'est-ce que j'en sais ? Ce n'est peut-être pas l'enfer. Elle avait peut-être vraiment envie d'y retourner. Marshall me dit qu'ils sont toujours ensemble ; ils habitent à Milford Haven. Il a donné un concert à Cardiff et elle est venue. Quand il a demandé si elle chantait encore, elle a ri, puis répondu : Encore ? Tu me flattes.

Le garçon de Lam Kien

J'ai fait vingt-sept pas et puis je me suis arrêtée.
À côté du genévrier. Le salon de beauté Lam Kien
se trouvait devant moi, ma porte d'entrée derrière
moi. Ce n'est pas de l'agoraphobie, parce qu'en fait
je n'ai pas peur de quitter la maison. L'angoisse
m'assaille quand je suis à environ vingt-sept pas de
la maison, exactement au niveau du buisson de
genévriers. Je l'ai étudié et j'en ai conclu que ce
n'était pas un buisson ; j'ai inversé cette théorie, et
j'ai fait tout mon possible pour ne pas rebrousser
chemin et rentrer à la maison, même si cela signifie
que je vais rester plantée là éternellement. Je man-
geais quelques baies non comestibles de genévrier
quand la porte de Lam Kien s'est ouverte, et un petit
garçon en est sorti. Peut-être le fils de Lam Kien,
Billy Kien. À moins que Lam Kien ne soit pas du
tout un nom mais juste une traduction des mots
« salon de beauté », ou « ongles, etc. ». Le jeune
Kien est resté près de la porte, et moi je suis restée
à mon vingt-septième pas. On aurait dit qu'il attendait que j'avance. N'étions-nous pas tous dans ce
cas ? Quand il a été évident que cela ne se produirait
pas, il m'a lancé :

J'ai un chien !

J'ai opiné.

Il s'appelle comment ?

Le garçon a eu un instant l'air triste, et je me suis rendu compte qu'en fait il n'avait pas de chien. J'ai considéré que c'était un honneur d'être choisie pour être celle qui croirait qu'il avait un chien. J'étais la femme idéale pour cette mission ; il avait bien fait de me choisir. Il a fini par s'écrier : Paul ! et j'ai consciencieusement imaginé Paul : il courait à la rencontre du garçon, il adorait le garçon, le garçon donnait à manger à Paul.

Et toi, tu as un chien ? m'a demandé le propriétaire de Paul en s'avançant vers moi.

Il s'est arrêté à un endroit dangereux où il risquait de se faire renverser par une voiture.

Ne reste pas dans la rue.

Il s'est approché, s'est planté devant moi, sans me juger.

Tu as des animaux ? m'a-t-il demandé.

Non.

Même pas un chat ?

Non.

Pourquoi non ?

Je ne suis pas certaine de pouvoir m'occuper d'un animal. Je voyage pas mal.

Mais tu pourrais avoir un tout petit animal qui ne mange pas beaucoup.

Ces petites bêtes censées ne pas manger beaucoup n'avaient plus de secrets pour moi ; ma vie en était pleine. Je n'en voulais plus, de ces petits êtres fragiles, revigorés par l'eau et la chaleur, mais qui n'avaient pas de réserves ; ils étaient si petits que lorsqu'ils mouraient, je ne les enterrais que par étourderie. Si je devais ramener quelque chose de nouveau à la maison, ce serait une grosse bête dotée d'un appétit énorme. Mais ce n'était pas possible. Je ne l'ai pas dit au garçon, car j'étais juste celle qui croyait au chien.

Quel genre d'animal tu me proposerais ?

Un têtard.

Mais il grandira pour se transformer en grenouille. Je ne peux pas avoir à la maison une grenouille qui va sauter partout.

Oh non, il ne sautera pas partout, c'est petit ! Mais il te faudra un aquarium.

Mais il finira par devenir une grenouille.

Non ! Ça, c'est une autre sorte de poisson.

Quelle sorte ?

Un vairon.

Je n'ai pas relevé. En moi, à côté de l'endroit où le garçon jouait avec son chien, il y avait maintenant un aquarium dans lequel se trouvait un tout petit têtard sans appétit. Il nageait dans un sens puis dans l'autre, perpétuellement prêt à se métamorphoser, prêt à sentir l'air sur son dos, prêt à des changements énormes, formidables. Il nageait pour l'éternité et Paul ne mourrait jamais, mais le garçon et moi, côte à côte, nous nous métamorphosions. Le garçon commençait à s'ennuyer, ce qui était une façon de grandir. Moi je commençais à être déprimée, ce qui était de ma faute. Nous avions une journée superbe et quelqu'un m'adressait la parole de son plein gré. Mais je voyais déjà la fin se profiler ; il y avait des personnages de dessins animés sur la chemise du garçon, les personnages de dessins animés se penchaient pour s'écarter de moi, ils faisaient un pas en arrière tandis que le garçon avançait d'un pas. Il s'est planté juste devant moi, m'a pincé le bras et m'a dit : Je peux voir ta chambre ?

Quel soulagement. Même le pincement a été agréable. Je comprenais tout à fait qu'on ait besoin de faire mal en même temps qu'on donnait quelque chose. C'était sensationnel d'avoir une excuse pour rentrer vite à la maison. En refermant la porte derrière nous, j'ai pris le temps de me poser la question : n'y avait-il pas des lois qui s'appliquaient pour les gens qui montraient leurs chambres à des enfants dont ils ne connaissent même pas le nom ? En revanche, je connaissais le nom de son chien imaginaire. J'avais le sentiment de pouvoir prononcer le nom de Paul sans reconnaître que je savais qu'il n'existait pas en vrai. Lorsque le juge me dirait que le garçon n'avait pas de chien, je prendrais un air surpris, déçu, voire blessé. Je pleurerais un peu. Le garçon serait peut-être envoyé en prison pour m'avoir menti. J'ai regardé ses étonnantes tennis et j'ai su qu'il tiendrait le coup. Moi, par contre, je n'ai jamais été crédible dans des vêtements de sport, et la vie en prison me tuerait.

Il s'est promené dans ma salle de séjour, en touchant des objets qui avaient jadis eu un sens pour moi, mais qui à présent n'en avaient plus. Je possède beaucoup d'œuvres d'art abstrait. Il les a effleurées du bout des ongles. Il a ramassé un livre par terre, et l'a attrapé entre deux doigts. Le livre était sous-titré : *Entretenir l'amour et l'intimité dans des relations ardentes*. Je progressais mot à mot dans cet ouvrage. Jusqu'à maintenant, j'avais lu « Entretenir » et je venais juste de commencer « l'amour ». Le temps d'arriver à « relations » et « ardentes », j'avais peur d'avoir oublié « Entretenir ». Sans parler de l'intimité et des autres mots. Il a emporté le livre comme ça, entre deux doigts, à la cuisine. Il l'a posé avec précaution sur un coin du carrelage de la cuisine, j'ai dit merci et il a hoché la tête.

Tu as du gratin d'aubergines ?

J'ai dit non. Nous sommes entrés dans la chambre. Il s'est assis sur le lit queen-size, a enlevé ses chaussures d'un geste sec, sans s'aider ni des pieds ni des mains, puis s'est allongé, les bras et les jambes en croix. J'ai rangé ma brosse sur la coiffeuse et j'ai tranquillement glissé mon gel capillaire dans un tiroir. Je ne voulais pas qu'il voie que j'étais de celles qui se mettaient du gel dans les cheveux, parce qu'en fait, ce n'est pas le cas. C'est une amie qui l'a laissé ici. Ce ne serait pas chouette, ça ? Si j'avais une amie et qu'elle avait apporté son gel et qu'elle l'avait oublié ici ? Voilà ce que je répondrais, si on me posait la question. S'il ouvrait le tiroir.

Tu devrais avoir des lits superposés, tu aurais plus de place, a-t-il dit en faisant semblant d'être aspiré dans l'espace entre le lit et le mur.

Qu'est-ce que je ferais avec plus de place ?

Il se tenait maintenant debout dans cet espace improbable entre le lit et le mur, endroit que je n'avais jamais pensé à nettoyer.

Tu ne veux pas de lits superposés ?

Eh bien, je n'en vois pas trop l'utilité.

Tu pourras inviter un ami à venir coucher à la maison.

Mais ce lit est tellement grand, ils peuvent dormir là-dedans, avec moi.

Il m'a longuement et bizarrement dévisagé, et mon esprit s'est gondolé comme une cuiller. Pourquoi est-ce que quiconque irait dormir dans le lit avec moi s'il y avait moyen d'avoir des lits superposés, comme dans un navire ? Je lui ai demandé s'il pensait qu'ils avaient des lits superposés chez Mervyns, il a répondu qu'il pensait que oui, mais qu'il valait mieux que j'appelle d'abord. Je suis allée dans mon bureau, j'ai pris l'annuaire, j'ai appelé et je suis revenue. Pendant que Mervyns me faisait patienter au téléphone, il a ouvert le tiroir de ma coiffeuse. J'ai rougi. Il a sorti le gel capillaire et s'est empressé de ramener en arrière ses cheveux noirs et brillants, puis s'est regardé dans la glace. On aurait dit qu'il était pris en pleine bourrasque. Nous nous sommes souri, parce que ça lui donnait une allure incroyable. Chez Mervyns on m'a dit que les lits superposés étaient à 499 dollars seulement. Le garçon a dit qu'il trouvait que c'était un prix très raisonnable. Il a dit qu'il payerait un million de dollars pour avoir des lits superposés, s'il avait un million de dollars.

Nous sommes retournés à la porte d'entrée parce qu'il a dit qu'il était temps qu'il rentre. Il a dit cela d'un air contrit, comme s'il était persuadé que je ne survivrais pas sans lui. Je lui ai dit que c'était très bien parce que j'avais beaucoup de travail. En disant « beaucoup de travail » j'ai écarté les mains pour représenter tout le travail. Il a regardé l'espace entre mes paumes et a demandé si je jouais de l'accordéon. J'ai eu l'impression de sentir l'accordéon entre mes mains, il aurait été drôlement impressionné si je lui avais dit oui. J'ai dit non, et un coussin est tombé tout seul du canapé. Cela arrive parfois et je m'efforce de ne pas y prêter attention. Le garçon a un peu froncé les sourcils et j'ai vu que j'étais sauvée. Je ne joue pas de l'accordéon et je n'ai pas de lits superposés, mais j'ai ces coussins. Ils bougent tout seuls. J'ai ouvert la porte et il est parti sans dire au revoir. Je l'ai regardé traverser la rue jusqu'au salon de beauté Lam Kien. Il a refermé la porte derrière lui. Moi j'ai fermé ma porte et j'ai écouté le bruit de succion. C'était le son de la Terre qui s'échappait de l'appartement à une vitesse si grande qu'elle en défiait l'imagination. Et, tout en se retirant dans ce vortex pareil à une tornade, la création rigolait – du rire sarcastique d'un truc qui n'a jamais eu à *chercher*. J'ai jeté un œil par la fenêtre. Au-delà du buisson de genévriers, il y avait juste une fumée grise qui tourbillonnait dans toutes les directions. J'ai bien tiré les rideaux, de manière à ce que le jour n'entre plus. J'ai marché dans l'appartement. J'ai regardé fixement le livre dans le coin du sol de la cuisine. J'ai refermé le flacon de gel pour les cheveux. Les couvertures de mon lit étaient tout en désordre. J'ai passé la main sur la topographie du dessus-de-lit. Il y avait des rivières au creux des vallées et des petites communautés montagnardes. Il y avait une toundra désertique. Il y avait une ville, et dans cette ville, un salon de beauté. J'ai enlevé mes chaussures et je me suis mise sous les couvertures. J'ai chuchoté : « Ferme les yeux », et j'ai fermé les yeux en imaginant que c'était la nuit et que le monde était tout autour de moi, endormi. Je me suis dit que le son de ma respiration était en fait le son de tous les animaux du monde qui respiraient, même les humains, même le garçon, même son chien, tous ensemble, tous respiraient, tout sur terre, la nuit.

Faire l'amour en 2003

Elle avait un coussin brodé avec l'inscription : FAIRE L'AMOUR EN 2002. À l'autre extrémité du canapé, il y avait un FAIRE L'AMOUR EN 1997, bleu, avec une sorte de collerette sur les bords. J'ai imaginé qu'il y en avait d'autres, mais je me suis efforcée de ne pas les chercher. Je ne voulais pas trouver celui de l'année en cours. Ou s'il n'y en avait pas, je ne voulais pas savoir pourquoi. Elle m'a posé des questions polies, et nous avons attendu son mari.

Il dit que vous êtes très douée, vous êtes autodidacte ?

Oui, mais je débute. J'ai tellement à apprendre.

Eh bien, apparemment, vous avez pris un bon départ.

Merci.

Au bout d'un certain temps, il m'a semblé qu'elle commençait à franchement s'impatienter, elle en voulait à son mari de ne pas être là, et elle m'en voulait d'être là. J'ai alors réalisé que s'il n'arrivait pas bientôt, j'allais devoir partir. Ça m'a fichu un coup terrible, parce que je n'avais rien prévu pour mon avenir au-delà de ce rendez-vous. J'avais écrit tous les jours pendant un an avec sa carte de visite scotchée à mon ordinateur, et maintenant j'avais terminé ; il m'avait dit de l'appeler une fois que j'aurais terminé, or j'avais terminé, je l'avais donc appelé, et maintenant la balle était dans son camp. C'était son métier de faire avec moi ce qu'il allait faire. Qu'allait-il faire ? Que font les hommes avec les jeunes femmes très douées qui ont fini d'écrire leur livre ? Allait-il m'embrasser ? Allait-il m'inviter à être sa fille, sa femme ou sa baby-sitter ? Allait-il nous envoyer, moi et mon livre, là où aurait lieu l'étape suivante ? Allait-il me frictionner la cuisse en me laissant pleurer ? Sa femme et moi avons attendu pour le savoir. Elle était moins patiente que moi. Moi j'étais prête à attendre indéfiniment, mais elle, elle lui accordait encore cinq minutes. Nous avons attendu les cinq minutes en silence, puis elle s'est levée et a dit : Bien. Je l'ai regardée et j'ai souri. J'ai fait comme si j'étais une étrangère, incapable de déchiffrer son langage corporel. Elle a serré les lèvres et contemplé ses mains.

Il a probablement déjà appelé chez vous pour vous fixer un autre rendez-vous.

J'ai hoché la tête, mais je savais qu'il n'avait pas appelé chez moi, parce que j'avais absolument tout enlevé chez moi, et tout mis dans ma voiture, qui était garée devant sa maison. J'étais prête à foncer. Il était inutile de me donner un autre rendez-vous. Je pouvais attendre dans la voiture ou dans la maison, mais je n'avais rien d'autre à faire. Je préférais attendre dans la maison.

Faites ce que vous feriez en temps normal si je n'étais pas là, j'ai dit.

Elle m'a regardée en se demandant si elle avait déjà rencontré quelqu'un d'aussi bête. Ça m'était égal. Ce n'était pas sa carte de visite à elle que j'avais scotchée à mon ordinateur, et qui était maintenant posée sur la banquette arrière de ma voiture.

En temps normal, je serais en train d'écrire, a-t-elle dit.

Ça, j'en doutais, mais c'était peut-être vrai. Ou peut-être une lettre à sa sœur ou le mot « pull-over » sur un gros carton rempli de pull-overs, avant de le ranger au grenier pour l'hiver.

Qu'est-ce que vous écrivez ?

C'est la suite d'un livre que j'ai écrit il y a quelques années.

Ah. Et comment s'intitule le premier livre ?

Une terre à la dérive.

Elle a dit ça gentiment, poliment, en sachant que j'en avais fatalement déjà entendu parler. Je me suis levée en ressentant des douleurs dans les jambes. Je n'avais pas prévu de me relever avant qu'il soit là, mais à présent j'étais debout à côté de Madeleine L'Engle, le célèbre écrivain. J'ai jeté un œil dans le séjour. C'était le séjour de Madeleine L'Engle. FAIRE L'AMOUR EN 1997. FAIRE L'AMOUR EN 2002. Il y avait certainement des tas de coussins dans chaque pièce de la maison, qui remontaient aux années soixante. J'ai regardé son pantalon marron coupé sur mesure et j'ai réalisé qu'il était probablement, à l'instant même, en train de lui faire l'amour. Quand on arrive à un certain point de saturation, faire l'amour devient une vibration sans fin. Il était en retard, et c'était pour lui un moyen de faire l'amour à sa femme ; elle voulait écrire, mais était obligée à la place de me recevoir, et c'était sa façon à elle de lui faire l'amour. Moi, je faisais juste partie de l'amour que faisaient Madeleine l'Engle et son mari. Une partie minuscule de FAIRE L'AMOUR EN 2003. Je n'avais pas vraiment de projets pour la suite, soudain cela devenait très clair. Je lui ai dit que j'avais vraiment aimé *Une terre à la dérive* et que j'avais hâte de lire la suite. Elle m'a remerciée et m'a dit qu'elle était sûre qu'il m'appellerait, s'il ne l'avait pas déjà fait. Elle m'a raccompagnée dehors, devant la maison. Ma voiture était là. Nous avons regardé ma voiture. Il y avait beaucoup de choses dedans, certaines dépassaient du coffre. Elle m'a serré la main et j'ai marché vers ma voiture et j'aurais aimé marcher éternellement vers ma voiture, confiante, sachant où j'allais. J'allais à ma voiture.

On n'a pas vraiment l'impression de conduire quand on ne sait pas où on va. Il devrait y avoir une option sur la voiture pour les fois où on ne bouge pas, quand on fait du surplace. Ou tout du moins un phare entre les feux de stop, que l'on pourrait allumer pour indiquer que l'on n'a pas de destination. J'avais l'impression de tromper les autres conducteurs, et je voulais juste lever ce malentendu. Mais plus je roulais, plus j'avais l'impression d'avoir une destination précise. Je prenais des virages à gauche difficiles, que personne n'aurait pris, à moins d'y être obligé. Parfois je faisais tout le tour d'un pâté de maisons en enchaînant les virages à gauche, et lorsque je revenais au croisement initial, j'étais déçue de constater que tous les conducteurs avaient changé. Ce n'était pas comme le quadrille, où à la fin on retrouve miraculeusement son partenaire du début, on rit, on est tout étourdie, mais soulagée de le retrouver après avoir dansé avec la terre entière. Au lieu de cela, les conducteurs étaient remplacés constamment par des nouveaux, certains étaient au travail maintenant, ou à mi-chemin de l'aéroport. De fait, conduire une voiture est peut-être l'activité la plus diamétralement opposée à la danse. Je me suis demandé si j'allais passer le restant de ma vie à inventer des moyens compliqués de me déprimer, maintenant que j'avais fini mon livre et que j'étais allée voir l'homme qui avait dit, un an auparavant, que je promettais, mais qui n'était pas chez lui aujourd'hui.

Ce que la plupart des gens auraient fait à ma place c'est qu'ils seraient allés chez leur petit ami. Ils y seraient allés et auraient pleuré, il leur aurait tendu des mouchoirs en papier, ils auraient pleuré encore un peu plus, sans s'arrêter pour se dire qu'en fait ils auraient dû rire et sourire joyeusement, car leur petit ami était un être physique réel qui existait dans un même plan de réalité qu'eux. Attention, je sais de quoi je parle, j'ai écrit tout un livre sur le sujet, dont le mari de Madeleine L'Engle a dit qu'il était prometteur. Maintenant c'est la dernière chose dont j'ai envie de parler, alors je vais vous livrer la version courte.

Quand j'avais quinze ans, une forme obscure est entrée la nuit dans ma chambre. Elle était sombre mais luisante, c'est l'un des nombreux faits qu'il va vous falloir accepter. Elle n'avait pas forme humaine, mais j'ai su immédiatement qu'elle était similaire en tout point à une personne, son aspect extérieur mis à part. Il se trouve que l'aspect extérieur n'est pas la première chose qui fait de nous des êtres humains.

J'ai tout de suite su que c'était un prédateur sexuel parce qu'il m'envoyait des ondes et que je me suis sentie toute timide dans ma chemise de nuit, qui n'était en fait qu'un grand tee-shirt. Voilà pourquoi on devrait garder une petite culotte au lit. J'avais peur, mais ce n'était pas le genre de peur qui fait qu'on préfère mourir plutôt que bouger ou respirer.

Je n'ai pas quitté la forme des yeux ; j'ai envisagé de sauter hors du lit pour attraper mon pantalon, qui se trouvait par terre. Je ne savais alors vraiment rien, j'ignorais par exemple que tout mouvement humain est extrêmement lent, comparé à la vitesse à laquelle se déplace l'obscurité brillante. J'ai à peine levé un tout petit peu la main que l'obscurité était déjà sur moi. C'est la partie que j'ai étirée sur tout un chapitre, dans le livre, parce que je savais que le mari de Madeleine L'Engle allait adorer. En gros, ce qui se passait, c'est que la forme me baisait. Elle pénétrait entièrement en moi. Toute l'obscurité était en moi, et je la sentais briller, comme lorsque le volume de la musique vous montre comment bouger. Pas plus tard que le week-end d'avant, j'avais, pour la première fois de ma vie, été sexy en dansant ; mes fesses épousaient le rythme d'une façon qui laissait présager de grandes choses pour mon avenir. Mais je ne pensais pas que cela se produirait si tôt, et de cette manière. Par la suite, je me suis rendu compte que mes mouvements de danse avaient sans doute été si puissants qu'ils avaient attiré la forme, jusqu'alors tapie dans son coin d'univers. Je ne suis pas en train de dire que je l'ai bien cherché, seulement qu'il y a des moments où nous envoyons des signaux, pas seulement aux garçons qui sont dans la pièce, mais à toute la création.

Il a été suggéré que j'avais inventé l'histoire de la forme sombre pour affronter la douleur d'un violeur plus terrestre. Si cette théorie vous intéresse, je peux recommander de grandes études de cas sur des filles qui ont fait cela, et il s'est avéré qu'elles mentaient. Si j'ai eu peur la première fois, c'est parce que je ne pensais pas pouvoir survivre à un tel plaisir. J'ai cru que j'allais devoir payer de ma vie. Que c'était le prix à payer pour sentir mon désir d'adolescente prendre des proportions inhumaines. Pour regarder mon propre corps et savoir que tomber signifierait mourir, pas juste une fois, mais à de nombreuses reprises. Tomber pendant un million d'années, comme tombe une flûte, en musique, jouée par l'air qu'elle traverse. Et atterrir sans esprit, mais avec un cœur qui se brisait. Ensuite on se câlinait, et moi je jouais les timides. J'ai passé ma main à travers sa texture, en demandant si ça faisait mal, mais sachant que rien de ce que je faisais ne pouvait lui faire de mal, je ne pouvais que la rendre dingue. Par moments, elle se glissait à nouveau dans moi, alors je redormais un peu, et m'éveillais en ayant peur que la forme se soit volatilisée. Mais elle était là, m'enveloppant comme une cape, soignant la cicatrice de mon appendicectomie mieux que je ne l'aurais fait moi-même.

Qu'est-ce que tu peux faire d'autre ?

T'aimer.

Mais est-ce que tu peux faire d'autres trucs ?

Non.

Mais je suis la seule, hein ?

Tu es la plus douce de tout l'univers.

Ah bon ?

Ouais, et de beaucoup.

J'étais dans l'état d'esprit de toutes les filles qui sortaient avec des garçons d'un autre lycée. Nous étions à peine présentes. On ne pouvait pas nous blesser dans nos sentiments, parce que nos sentiments étaient ailleurs, loin d'ici, une aurore boréale. Je dessinais la forme sur mon classeur, une tache dans un cœur. Une tache et moi dans des cœurs emboîtés l'un dans l'autre. Moi et la tache et un bébé mi-humain mi-tache. Avant d'aller au lit, je me maquillais et, les premières années, je mettais des nuisettes affriolantes, mais vers la fin du lycée, je me jetais juste sur mon lit, nue, et j'attendais. Nos conversations se déroulaient dans mon sang. Si je voulais entendre sa voix, je plaquais un *fa* dièse un *do* sur mon Casio en plastique, et de ces notes s'élevait une sorte de voix parasite, comme celle d'un conducteur de camion sur une CB, si ce n'est qu'elle était hors de portée. Il y avait un désir atroce dans cet amour. La forme me suçait le bout des seins, ma bouche gonflait de soif, je voulais sucer moi aussi. J'ai fini par être convaincue que ce que la forme obscure tirait de moi était encore mieux que ce que moi je recevais d'elle. Maintenant je sais que ce n'était pas vrai, mais il ne faut pas oublier que techniquement j'étais vierge. Je n'avais même encore jamais embrassé personne.

Cette histoire s'achève à l'université, quand j'ai commencé à être en colère et dédaigneuse, et que j'ai voulu avoir un vrai petit copain. La forme obscure a pleuré d'une manière incroyablement triste, comme seul l'air peut pleurer, et j'ai énormément compati, mais uniquement avec moi-même. J'étais presque certaine que cette relation allait gravement à l'encontre de mes toutes récentes convictions féministes, et puis il y avait en filigrane une incontestable curiosité pour cette chose qu'on appelle bite. La forme a fait la seule chose qu'elle pouvait faire : elle a promis de revenir sous forme humaine. Ce serait un homme du nom de Steve.

Est-ce que tu sortiras avec moi quand je t'inviterai ? a demandé la forme.

Oui.

Même si je suis laid et que tu n'aimes pas ma personnalité ?

Oui.

Non tu ne le feras pas.

Si !

Tu dis juste ça parce que tu es pressée.

Euh, ce ne sera pas de ma faute si je loupe le bus.

Au revoir, ma douce.

Salut ! Où est mon cartable ?

Sur la table.

Ah. Salut !

Environ un an plus tard, j'ai effectivement rencontré un homme qui s'appelait Steve. C'était le père d'une amie à moi, en phase terminale du cancer. Je l'ai aidée à s'occuper de son père pendant deux mois. Parfois, quand elle sortait de la chambre, je m'appuyais contre le lit et je chuchotais salut, il chuchotait salut, je lui tenais la main et nous restions ainsi un petit moment. Il n'était pas ma forme obscure. Mais quand j'ai frictionné ses bras mourants, j'ai senti quelque chose de vertigineusement rapide en eux, une convergence de vitesse. Il y avait déjà tant de phénomènes en lui qui se développaient vite, et pourtant il fallait encore qu'il meure d'une manière terriblement lente, parce que les humains sont ainsi faits, c'en était obscène. Nous l'avons veillé pendant ses derniers jours, ma copine et moi, toutes deux désespérées, à lui passer des disques que, selon nous, il aimerait peut-être, mais comment en être sûres ? Quelle terrible erreur que de laisser tomber quelque chose de formidable en échange de quelque chose de réel. Après la mort de Steve, j'ai arrêté d'être copine avec sa fille et j'ai quitté la cité-U. Quand j'ai commencé à écrire, c'était par peur. Je craignais d'oublier, ou de faire semblant d'oublier, ou de faire semblant de faire semblant, ou de grandir. Ce que le conseiller de l'université, le mari de Madeleine L'Engle, avait finalement qualifié d'œuvre de fiction prometteuse, était au départ une pièce à conviction. Un jour je le ferais lire et Steve hocherait la tête en disant oui, *fa* dièse, *do*, oui, tu m'as enfin trouvé, viens t'asseoir sur mes genoux, ma douce.

Je me suis dit que j'allais passer devant chez Madeleine et voir si la voiture de son mari y était. C'était soit ça soit commencer une autre carrière qu'écrivain. Si je trouvais une autre idée de carrière avant d'arriver chez eux, alors je ferais demi-tour et j'embrasserais cette nouvelle carrière. Je me suis arrangée pour que la voiture avance tout douce-ment, de façon que tout le monde voie bien qu'elle était en pleine réflexion. Elle réfléchissait à des pos-sibilités de carrières pour moi. J'ai regardé par la fenêtre pour essayer de voir pour qui les piétons me prenaient lorsqu'ils regardaient ma voiture. Mais ils ne regardaient pas ma voiture ; ils avaient le regard tourné vers l'intérieur. C'était à eux qu'ils pensaient, et à leurs propres voitures ; ils faisaient l'amour avec leur empressement. Ils se comportaient comme si chacun de leur pas n'était pas le dernier, et effecti-vement ce n'était pas le dernier. Ils ne levaient pas la tête pour regarder mes phares en chuchotant : « Assistante spécialisée », et donc, quand j'ai tourné au coin du pâté de maisons de Madeleine, j'avais toujours l'intention de devenir écrivain.

La voiture du mari de Madeleine était là. Mais pas au bon endroit ; elle était garée devant une maison, à l'autre bout de son pâté de maisons. Peut-être qu'à part moi, tout le monde sait ce que ça signifie. La première idée qui m'est venue à l'esprit a été : mala-die d'Alzheimer, et je me suis inquiétée pour moi et ma carrière, livrée aux mains de cet homme incapable de se rappeler où se trouvait sa propre maison. Cela faisait un an que j'avais obtenu mon diplôme, période manifestement suffisante pour que sa vie se fût entre-temps effritée. Madeleine était sans doute obligée de tout vérifier avec lui. Ah, Madeleine. Et il était assis dans la voiture. J'avais entendu parler de ça, les sujets atteints de la maladie d'Alzheimer, qui retombent à un stade mental antérieur à la combustion, et n'arrivent plus à se rappeler comment on ouvre une portière. En marchant vers lui, j'ai senti que ma nouvelle carrière se précisait. J'étais l'infirmière du mari de Madeleine L'Engle. Avec mon aide, elle aurait suffisamment de temps pour écrire la suite de son roman. J'étais tout ce qu'une bonne fille devrait être, sauf que j'étais payée. C'était formidable de sentir qu'on avait besoin de vous ; je me suis approchée de la voiture.

D'abord j'ai cru qu'il avait un chat sur les genoux, et ensuite j'ai vu que c'était Theresa Lodeski. Nous étions toutes les deux inscrites en première année au cours de premiers textes philosophiques chinois. Elle n'avait pas obtenu son diplôme, mais maintenant je voyais bien que, d'une certaine façon, elle l'avait quand même obtenu. Theresa Lodeski était très, très jolie, mais elle avait une sœur jumelle absolument identique, Pauline, qui, d'une certaine manière, était infiniment plus jolie qu'elle. Si on les mettait côte à côte, on constatait qu'il n'y avait aucune différence entre leurs traits. Pourtant tout le monde savait. La seule raison pour laquelle les gens regardaient Theresa c'était pour savoir s'il s'agissait de Pauline. Quand ce n'était pas elle, ils détournaient les yeux ; quand c'était elle, ils regardaient un peu plus longtemps. Là, c'était incontestablement Theresa ; c'était tout à fait elle.

J'aurais dû m'en aller à la seconde où j'avais vu qu'il n'était pas atteint de la maladie d'Alzheimer. Mais j'ai eu un picotement dans les bras. J'étais un ange plongeant son regard sur le monde, à l'intérieur d'une voiture de ce monde, j'observais deux membres de l'humanité, j'observais leurs âmes, et ce qu'il y avait derrière leurs âmes : le vide. Elle a relevé la tête, nos regards se sont croisés, elle s'est souvenue de moi, de l'époque où nous étions en cours de premiers textes philosophiques chinois. Le mari de Madeleine L'Engle a ouvert la bouche. J'ai bien vu qu'il s'apprêtait à utiliser un des cinq pronoms ou adverbes interrogatifs : qui, quoi, pourquoi, où, quand.

Quoi ?

Cette femme.

Quelle femme ?

Elle vient de partir.

Elle nous a vus ?

Ouais. Elle était en premiers textes philosophiques chinois.

Quoi ?

Nous étions en cours ensemble.

Tu te fous de moi ? Tu la connaissais ?

Je ferais mieux d'y aller.

Foutre ! Quelle foutaise ! Elle m'a vu ?

Non. Je m'en vais.

Elle est encore là-bas ?

Non, elle est partie.

*

Comment laisse-t-on filer les choses ? Mon livre était un long gant qui se refermait sur la forme obscure que j'avais aimée. À l'intérieur du gant, il y avait une main qui n'avait jamais appris à saisir de la peau. Elle était tellement à vif qu'elle paraissait mouillée. Je me suis plongée dans le regard de tous les gens que je croisais dans la rue. La nourriture semblait étrange, c'était impossible. Les enfants me prenaient pour une enfant et essayaient de jouer avec moi, mais je ne pouvais ni jouer ni travailler, je ne pouvais que me demander pourquoi. Pourquoi les gens vivent-ils ? J'ai lu chaque semaine toutes les petites annonces, sans exception. Immobilier, Emplois, Aides psychologiques, Services à domicile, Vacances, Musiciens, Rencontres, Femmes et hommes en quête de l'âme sœur et d'eux-mêmes, Rencontres fortuites, et Automobiles. J'avais présélectionné deux annonces : *Power trio cherche excellent deuxième guitariste pour rock heavy* et *Angela Mitchell, psychothérapeute agréée, pour une approche fondée sur l'intégration du corps, du mental, de l'esprit et du monde.* J'ai opté pour Angela Mitchell parce que le Power trio recherchait un zicos ayant tourné, et je n'étais pas sûre de comprendre ce que cela signifiait. Mais tandis que je m'élevais dans l'ascenseur en direction du bureau d'Angela, je me suis murmuré les mots « zicos ayant tourné », et ils m'ont apaisée. J'espérais que l'annonce d'Angela Mitchell était à prendre au sens littéral. J'imaginais une séance mi-spiritisme mi-thérapie de couple, pour la forme obscure et moi.

Mais, une fois assise dans son gros fauteuil mou, à observer la peinture abstraite aux cercles orange à l'intérieur de cercles plus orange, j'ai constaté que j'étais muette. Lorsqu'elle a fini par me demander pourquoi j'étais venue, j'ai dit que je m'étais séparée de mon petit ami plus d'un an auparavant et que je le regrettais encore. Elle m'a gratifiée d'un regard si peu compatissant que j'ai immédiatement fondu en larmes. Je me suis brièvement demandé si elle pouvait m'adopter, ou m'engager comme assistante, ou être mon amante lesbienne. Je me suis mouchée, et elle m'a demandé si j'avais déjà vu la comédie musicale *South Pacific*.

Je crois l'avoir vue une fois à la télé.

Est-ce que vous vous rappelez la scène où les femmes se lavent les cheveux ?

Non.

Elles chantent une petite chanson, vous vous rappelez ce que c'était ?

Non.

« Je vais me laver les cheveux, me défaire de cet homme une bonne fois pour toutes. »

Ah.

Vous comprenez ce que je suis en train de dire ?

Je crois.

Est-ce que vous avez envie de parler d'autre chose ?

Eh bien, je me disais qu'il allait peut-être falloir que je me trouve un boulot. Vous pensez que je devrais ?

Absolument.

L'assistante spécialisée assiste l'éducateur spécialisé. Buckman était dans une phase de transition quand ils m'ont engagée. À l'origine, l'établissement accueillait des enfants ayant toutes sortes de handicaps, mais maintenant, les enfants affectés de handicaps physiques visibles étaient envoyés au centre éducatif Logan. Il y avait des structures de jeux étonnantes, à Logan, pour les élèves en chaise roulante, et des « salles moelleuses » où ces mêmes élèves sortaient de leur chaise roulante et étaient encouragés à exécuter des mouvements corporels libres. On leur rappelait ainsi que le mouvement ne se résumait pas au déplacement d'un point A à un point B, qu'un mouvement c'était de la nuance et de l'émotion, et que c'étaient eux les inventeurs de la Nouvelle Gestuelle. Une fois par mois, ils recevaient la visite d'un groupe de chercheurs de Microsoft. Les chercheurs ôtaient leurs chaussures, s'allongeaient au sol et laissaient les choses évoluer autour d'eux. Apparemment, c'est ainsi que le pavé tactile pour ordinateurs avait été inventé. Chaque semaine nous entendions des histoires sur Logan, si bien que les élèves et moi avions l'impression de ne pas vraiment être à la pointe. Nous lisions trop lentement, ou trop rapidement et sans bien comprendre, nous étions trop tendus pour apprendre, trop heureux pour apprendre, trop en colère pour apprendre ; apprendre, apparemment, cela n'avait rien à voir.

Les élèves avaient le droit de conserver leurs flacons orange de Ritalin ou d'Adderall dans leurs pupitres et ils avaient officiellement le droit de lever la main pour demander à être excusés sous pratiquement n'importe quel prétexte. Les effets secondaires du Ritalin : maux de tête, anxiété, troubles du sommeil, irritabilité, dépression, troubles gastro-intestinaux et tremblote. Moi je travaillais avec ceux qui avaient des difficultés particulières dans l'apprentissage de la lecture. Je connaissais mon objectif : le bas de chaque page et le haut de la suivante. J'avais l'impression que je pouvais faire cela indéfiniment, parce que rien n'avait vraiment d'importance. J'étais la patience incarnée, la patience mal orthographiée, la patience prononcée lentement, lettre par lettre, avec le t prononcé « SSS ».

Au printemps, Obley, un établissement d'éducation spécialisée, a dû fermer pour cause d'amiante, et Buckman a dû accueillir tous les enseignants et les élèves de Obley. Nous avions des salles supplémentaires, puisque des élèves de chez nous étaient partis à Logan, mais ça a quand même été un cauchemar. Les enfants se sont adaptés facilement ; les professeurs, en revanche, se sont tout de suite détestés, comme on peut détester des beaux-parents. Chacun étant persuadé que sa méthode était la meilleure, les pétitions se sont succédé, accrochées dans la cuisine du personnel, des mobilisations pour *s'opposer à* ce que les enfants se mettent en rang avant la cloche, ou *pour* l'écriture cursive. Moi j'étais pour l'écriture cursive. J'ai mis mon nom sur la liste en faveur de l'écriture cursive. Je suis sortie de la cuisine et je suis retournée dans ma chambre. J'ai rangé le bureau du professeur et j'ai écrit PUEBLO au tableau. J'ai retenu ma respiration en traçant le O. Je l'ai tracé doucement, oh très doucement. On a frappé à la porte de la classe. Le O était terminé. J'ai posé ma craie et suis allée à la porte. Oh, le cœur battant. Oh, la respiration retenue. Oh, je le savais et comment. J'ai ouvert la porte. Il avait des cheveux châtain clair, il était plus grand que moi. Il avait un visage d'animal, un visage de girafe chat qui disait tout sans recourir au langage. Ses vêtements étaient parfaits et négligés, ce n'était que des zones qui dressaient approximativement la carte de sa nudité. Il a dit qu'il était désolé d'être en retard, et j'ai dit : Ma foi, tu es là, maintenant, et je l'ai serré dans mes bras ; son obscurité a gonflé un instant tout autour de moi et a chuchoté dans mon sang : Bonjour, ma douce. Il s'est reculé, l'adolescent s'est reculé, mais ses yeux sont restés rivés aux miens, comme des mains. Il m'a remis un message.

Cher professeur,

Merci de bien vouloir excuser Steven Krause pour son absence. Il a attrapé une bronchite la semaine dernière, à Obley, et était trop souffrant pour venir à Buckman avec les autres élèves en avril. Il est maintenant rétabli et rattrapera tout le travail manqué.

Merci de votre compréhension,

Marilyn Krause

Il n'était pas vif d'esprit, pourquoi l'aurait-il été ? Il était flou comme une tache. C'était un adolescent qui avait besoin de moi, tout comme j'avais été une adolescente qui avait eu besoin de lui. Aussi l'ai-je aidé. Je me suis assise à côté de son pupitre, et ensemble nous avons laborieusement progressé à travers les paragraphes, prononçant méticuleusement les mots, les cousant en phrases humaines, qui ne disaient pas grand-chose. Soudain il a semblé que la langue n'était rien du tout. Dire : *Tu as été mon amant fantôme* ne clarifierait rien. J'avais déjà essayé, évidemment, immédiatement, j'avais apporté mon livre, celui qui n'avait pas débouché sur une carrière d'écrivain, et je m'étais assise nerveusement à ses côtés tandis qu'il lisait à voix haute le prologue entier, tous les démentis, les mentis et les dédicaces adressées à lui, ma forme obscure. Mon ancien amant, mon futur amant, si beau, pubescent et atteint d'autisme léger.

Je vais te poser quelques questions pour vérifier que tu as compris, d'accord ?

D'accord.

Est-ce que le livre est une histoire vraie ?

Oui. Non, attendez – non ! Non.

Si, c'est une histoire vraie.

Ah, c'est ce que j'ai cru, et ensuite je me suis dit que c'était peut-être une question piège.

Non, je ne te pose que des vraies questions.

D'accord.

Alors quand l'auteur dit : « Quand j'avais quinze ans, une forme obscure venait le soir dans ma chambre », de qui parle-t-elle ? Qui est la forme obscure ?

Qui ?

Ouais. Est-ce que c'est son père ? Est-ce que c'est toi ? Qui est-ce ?

Euuuuuuuuh. Je crois qu'on ne le sait pas encore, à ce moment-là, dans le livre.

Tu as raison, on ne le sait pas encore.

C'était un peu une question piège.

Je suis navrée.

Il y avait donc une sorte de fossé. Je le connaissais, et tout au fond de lui, il me connaissait aussi, et c'était à moi, l'assistante spécialisée, de lui rafraîchir la mémoire. Je me voyais un peu comme une sorte d'Anne Sullivan. Il allait y avoir un moment de révélation, comme lorsque Anne éclabousse le visage de Helen Keller et que Helen écrit le mot « eau » sur la main d'Anne, d'abord lentement, puis de plus en plus vite, tout en riant et en pleurant en même temps. Anne Sullivan a alors écrit : *Soudain j'ai senti une conscience brumeuse, comme quelque chose qui aurait été longtemps perdu – l'excitation d'une pensée revenue ; et d'une certaine manière le mystère de la langue m'était révélé.* Sauf que ce n'était pas le mystère de la langue que nous voulions, c'était le mystère lui-même, d'avant la langue, encore enveloppé dans les brumes. J'ai vu l'obscu-

134

rité tourbillonner en lui. J'ai vu que ses pieds ne touchaient pas le sol lorsqu'il jouait au basket à la récréation. Par moments, il volait. Pas comme un oiseau, mais subtilement, comme une personne.

Bien sûr, en tant qu'assistante spécialisée, mes moyens d'action étaient limités. Il y a une chose que je pouvais faire, c'était prier. J'ai prié tout en le regardant au fond des yeux, et ma prière a été : Bonjour, bonjour, bonjour. Parfois j'ai entendu ma forme répondre, et j'ai été obligée d'appuyer mes jointures contre mes cuisses pour qu'elles restent près de moi, à distance du garçon. Le garçon, qui était lui-même si fascinant, à la façon dont les garçons peuvent l'être. Sa manière d'écarter ses cheveux de son front en sueur, son odeur minérale, sa main qui tenait un crayon de papier, tenait un crayon de papier, tenait un crayon de papier, sa main ! Notre ancienne aventure avait été si facile, un rêve d'amants : se consumer l'un l'autre entièrement. Maintenant il y avait cette chose supplémentaire, le garçon, et l'envie qui me taraudait les entrailles, l'envie de le baiser, comme il m'avait baisée quand j'avais quinze ans, me propulsant dans d'autres galaxies.

J'ai commencé à penser que je ne pourrais pas m'en approcher davantage, de la forme. Donc au bout d'un certain temps, je n'ai pas déployé énormément d'efforts pour l'aider à lire. J'ai décidé que la lecture n'était pas la bonne direction à prendre, pour remettre en route notre relation amoureuse. Tout le monde n'est pas obligé d'être instruit, il y a d'excellentes raisons de résister à la langue, et l'une d'elles est l'amour. Le handicap du garçon était le moyen qu'avait trouvé la forme pour dire : Je t'aime. Je suis ici, c'est moi. J'ai essayé de m'en satisfaire, mais entre-temps, le garçon lui-même est tombé amoureux de moi. Ça a été terriblement, atrocement, formidablement agréable. C'était, je suppose, ce que j'avais loupé au lycée. Il me regardait, puis détournait les yeux, puis me regardait à nouveau, cassait la mine de son crayon, disait putain, se mettait à rougir, regardait ma jambe, puis par terre. Il fixait longuement le lino, où incontestablement il voyait d'autres choses, les nichons et le cul écarté de sa jeune professeur, et ce qu'il leur ferait. Ai-je adoré quelque chose autant que j'ai adoré le voir jeter un œil à son propre braquemart, s'assurer qu'il était bien caché par son pupitre ? Il était bien caché, oui.

Quand cela se produit, il n'y a pas trente-six manières. L'élève rentre de l'école à pied, la professeur arrive en voiture et lui demande si elle peut le déposer quelque part. Le garçon regarde sa professeur. Il a le soleil dans les yeux, il plisse les yeux, et pendant un instant, tout s'arrête, l'éclat du soleil et le plissement des yeux du garçon sont les deux seuls mouvements sur terre. Même les oiseaux se taisent. La professeur est momentanément paralysée par le clignement et l'éclat, mais cela ne suffit pas à sauver le garçon. Elle se penche sur le côté, prend appui sur le siège passager, déverrouille la portière, et c'est avec ce mouvement que s'achève la jeunesse du garçon, c'est ainsi qu'il devient vieux.

Est-ce que tu veux que je te dépose chez toi ?

Comme vous voulez.

Est-ce que tu dois être chez toi à une heure précise ?

Non.

Est-ce qu'il y a un endroit où tu aimerais aller ?

Eh bien, on pourrait se garer.

Les six premiers mois, j'ai été dans un état constant de stupéfaction. Je regardais les autres couples en me demandant comment ils faisaient pour être si calmes. Ils se tenaient la main, mais on aurait dit qu'ils ne se tenaient même pas la main. Quand Steve et moi nous nous tenions la main, j'étais sans cesse obligée de baisser la tête pour m'en émerveiller. Il y avait ma main, la main que j'avais toujours eue – oh, mais regarde ! Qu'est-ce qu'elle tient ? Elle tient la main de Steve ! Qui est Steve ? Mon petit ami en 3D. Chaque jour je me demandais ce qui allait se passer ensuite. Que se passe-t-il quand on cesse de vouloir, quand on est heureux ? Je pensais que je continuerais à être éternellement heureuse. Je savais que je ne gâcherais pas les choses en m'en lassant. Ça, je l'avais déjà fait une fois.

Il y a eu quelques complications. Il y avait le fait qu'il ignorait que nous étions déjà sortis ensemble. Mais cela n'a pas eu d'incidence. L'amour est, de toute façon, entièrement dans le sang. Le sentiment qui existait entre nous, il le qualifiait de « bizarre », et je n'avais rien à ajouter. J'embrassais l'arrière de ses jambes et elles chantaient. Il se retournait et me hissait sur son dos, et je restais ainsi, comme sur une plage de sable chaud. Juste ça. Rien d'autre. C'est le but et l'intérêt de toute chose.

Il y a également eu la question de notre différence d'âge. Quand on sort avec quelqu'un de beaucoup plus jeune, on commence à remarquer d'autres couples dans la même situation. On rencontre des gens qui sortent avec des gens qui ont quinze ou vingt ans de plus ou de moins. On est amené à discuter.

Je trouve ça excitant.

Ah, moi aussi. Je ne sortirais jamais avec un type de mon âge, il faut qu'ils aient au bas mot dix ans de moins.

Steve a dix ans de moins que moi. Je crois que ça lui plaît bien, que je sois plus âgée que lui.

Évidemment. Tous les gars fantasment sur des femmes plus âgées. C'est un truc maternel.

Ouais, mais heureusement, je suis plus jeune que sa mère.

Pas moi. La mère de Gabe a quarante ans.

Ah. Et quel âge avez-vous ?

Quarante-trois ans. Et vous ?

Vingt-quatre ans.

Nous avons appris à être discrets. Ce qui nous a aidés, c'est que, de toute façon, les gens ne s'intéressent à rien d'autre qu'à leur nombril. Ils vérifient que vous n'êtes pas en train de tuer quelqu'un, enfin quelqu'un qu'ils connaissent, et puis ils reprennent ce qu'ils étaient en train de dire, à savoir qu'ils sont sur le point de passer à autre chose dans leur relation à eux-mêmes. Les gens passent toujours à autre chose, comme dans la chanson des Doors, *Break on Through (To the Other Side)*. Mais moi, ça m'était vraiment arrivé. À deux reprises, et le sentiment que m'inspirait l'univers, c'est qu'il était poreux et capable de changements radicaux, qu'on pouvait l'allumer, et qu'on pouvait même baisouiller avec. Et pendant tout ce temps, j'étais encore assistante spécialisée. J'aidais les enfants à droite et à gauche. Je les aidais à puiser dans leurs énergies essentielles, je ne les conduisais peut-être pas jusqu'à l'alphabétisation, mais au moins vers un éventuel plaisir. Je voulais que tous connaissent l'amour un jour. Je voulais que les filles redressent les épaules et marchent courageusement vers l'obscurité. Je voulais que les garçons se calment un peu. Il y avait un groupe de garçons, au fond de la classe, qui n'écoutait jamais. Ils se passaient des messages même pas pliés en tout petits carrés. Les messages flottaient sur les rangs du fond comme des gros voiliers blancs. C'était absolument rageant, ça me donnait envie de les humilier jusqu'à ce qu'ils n'osent plus faire circuler des messages de cette taille. Sinon, à quoi bon avoir inventé le pliage. J'ai fait une embardée vers le fond de la classe et j'ai attrapé la première voile que j'ai vue. Elle n'était même pas pliée en deux. Il y avait marqué : *Caitlin taille des pipes à Steve K.*

J'aurais dû être soulagée de ne pas lire mon nom. Je n'ai pas été soulagée. Ma respiration s'est inversée. Je n'étais absolument pas préparée pour cet instant. Mes cuisses se sont désintégrées en vagues de contractions, et soudain j'ai compris pourquoi les gens aimaient les armes à feu. Pas pour tirer, Dieu non, je suis totalement pacifiste, mais juste histoire d'en avoir. Savoir que c'est là. S'il y avait eu un pistolet dans mon tiroir, j'aurais pu y penser maintenant, et ça m'aurait calmée. J'aurais pris une profonde inspiration et j'aurais grondé les garçons. Mais comme il n'y avait pas de pistolet, je me suis approchée du pupitre de Caitlin. J'ai contemplé le disque de son visage, et une douce brise a soufflé dans la classe. Je lui ai demandé de bien vouloir sortir dans le couloir ; il était difficile de façonner l'air avec suffisamment de précision pour former avec exactitude ces sons. Elle s'est levée et a traversé devant moi la salle de classe. Quand je suis passée à hauteur de Steve, il a baissé les yeux, comme un garçon de quinze ans qui a des ennuis avec sa professeur. Caitlin et moi, nous sommes retrouvées dans le couloir. Ça sentait la cire et les vieilles bananes.

Tu tailles des pipes à Steve ?

Steve qui ?

Steve K.

Ah. Je croyais que vous vouliez dire l'autre Steve.

Steve Gonzales ?

Ouais.

Non. Tu es sa petite copine ?

La copine de Steve Gonzales ? Non.

Je voulais dire de Steve K.

Ah. Ouais. On sort ensemble.

Elle avait les cheveux coiffés en deux nattes et portait un sweat-shirt avec l'inscription TOMMY GIRL. Je ne lui faisais même pas peur. Elle a demandé où j'avais trouvé mes boucles d'oreilles, et j'ai dit que c'était ma tante qui me les avait données pour Noël, elle a dit qu'elle avait eu que dalle pour Noël, puis nous sommes rentrées dans la salle de classe. Je n'ai pas regardé Steve. J'ignorais si c'était lui qui avait pris l'initiative ou si la forme obscure avait un faible pour les adolescentes, ni même de quoi je parlais exactement quand je me disais « forme obscure ». J'ai appuyé mon visage tout chaud contre le tableau pendant quelques secondes, et puis j'ai écrit le mot PAIX. C'est le seul aspect positif quand on est assistante spécialisée. On peut écrire « paix » au tableau quand on veut. Qui pouvait s'en plaindre ? C'était la paix. Ça ne pouvait pas faire de mal de l'écrire.

Ce matin, j'ai été réveillée par un voisin qui taillait son arbre. Je me suis dit qu'il ne s'arrêterait que si je sortais du lit. L'arbre est devenu de plus en plus petit. Il n'a bientôt plus été qu'une souche, l'homme a dû couper sous la terre pour atteindre les racines, et pourtant je ne pouvais toujours pas me lever. Les racines avaient disparu et il sciait dans la terre, je me suis dit que lorsqu'il ressortirait en Chine, là, je me lèverais. Ça lui a pris toute la journée. J'ai pleuré et je me suis repliée sur moi-même, puis dépliée de manière incontrôlable. En fait, je me tordais de douleur, de chagrin, comme si je n'étais qu'un muscle dont le but était d'avoir de la peine. Mais le temps que mon voisin arrive au noyau en fusion, j'étais figée. Je m'étais épuisée en regardant dans le vide, en me livrant à une observation attentive du plafond, de tout mon corps. Je le sentais pousser sous les rues de Shanghaï, et à ma grande horreur j'ai senti la faim. Le moyen utilisé par le corps pour exprimer l'espoir. Quand il a percé le sol pour déboucher dans l'air chinois, je me suis assise. Il a poursuivi laborieusement sa progression à travers les feuilles, puis les nuages. Mon voisin a continué à cisailler l'espace. Il s'est taillé un chemin à travers la Voie lactée, jusqu'aux étoiles. La tête dans les étoiles, il a fait le tour de l'univers en un cercle géant. Puis il a atterri dans son jardin en émettant un bruit sourd. J'ai relevé le rideau et j'ai vu qu'il sortait le sprinkler. C'était le crépuscule. S'il m'apercevait, je m'en tirerais. Lève la tête, lève la tête, lève la tête. Il a regardé en l'air, comme de son propre chef, et je lui ai adressé un signe de la main.

Nota : Bien que Madeleine L'Engle ait effectivement écrit un livre intitulé *Une terre à la dérive*, le personnage qui porte son nom dans cette histoire relève complètement de la fiction, de même que le personnage de son mari.

Dix choses vraies

Certaines de ces femmes se débrouillent rude-
ment bien en couture, et on se demande pourquoi
elles s'inscrivent à un cours de couture pour débutantes. J'aime à croire que c'est parce qu'elles ont
une piètre image d'elles-mêmes. On dirait qu'elles
savent tout faire, qu'elles sont nées pour que, nous
autres, nous nous sentions maladroites, mais inté-
rieurement elles ont une vision tordue d'elles-
mêmes, presque psychotique. Moi, au moins, je suis
inscrite au cours qui correspond à mon niveau. Je
suis vraiment mauvaise en couture. Mais ce qui est
intéressant, c'est que je ne suis pas la plus mauvaise ; la plus mauvaise c'est l'Asiatique toute
menue, à côté de moi. J'étais persuadée qu'elle
serait très forte en couture, vu que la plupart des
vêtements du monde entier sont faits par des femmes asiatiques ; et aussi : qui se débrouillera le
mieux pour faire un kimono, moi ou une Chinoise
ou une Japonaise ? Bon sang, je peux vous dire
qu'elle m'a donné une belle leçon en matière de préjugés raciaux. Est-ce qu'au moins elle essaye de coudre un peignoir façon kimono, ou est-ce qu'elle
pense que nous faisons des lits pour chiens ? Au
début, elle m'a terriblement déconcentrée ; qu'est-ce

que j'ai pu être impressionnée par sa façon d'interpréter les consignes. La prof disait par exemple : Coupez le tissu qui dépasse, et la femme pliait soigneusement en deux son bout de flanelle rose, l'épinglait, puis se rasseyait, en attendant la consigne suivante. Que se passe-t-il quand on fait exactement le contraire de ce qu'on nous dit de faire ? Comment pouvait-elle savoir quand elle avait fini ? Le dernier jour, comment ferait-elle pour enfiler son peignoir si c'était un lit pour chiens ? Et pourquoi est-ce que personne n'intervenait ? Est-ce qu'il fallait que j'intervienne ? Qu'est-ce que je devais faire ? Sauf qu'un beau jour, la prof s'est approchée de moi et m'a demandé de défaire mes cinq derniers points, et j'ai eu envie de m'écrier : *Mes points ?* Au moins les points que je fais sont pour les bipèdes, vous avez vu un peu ses cinq derniers points, à elle ? Exactement à ce moment-là, à croire qu'elle lisait dans mes pensées, la prof a posé la main sur l'épaule de la femme et lui a dit : Sue, vous êtes vraiment une artiste. Sue a éclaté de rire, la prof a ri, elles ont ri toutes les deux. Donc peu importe. Manifestement je ne connais rien à rien. Ça n'a pas d'importance parce que ce n'est même pas pour apprendre à coudre que je me suis inscrite à ce cours. Si je suis ici, c'est pour une raison très personnelle.

Il pense que je ne connais rien aux ordinateurs, mais j'en sais suffisamment pour savoir qu'il passe sa journée à envoyer et recevoir des e-mails. Je sais faire la différence entre un tableur et Eudora. Il ne baisse même pas le son de l'ordinateur, si bien que toute la journée j'entends malgré moi le signal sonore qui indique qu'il vient de recevoir un nouvel e-mail. Et moi je dois faire comme si c'était le bruit que font ses calculs. Je le sais, quand il en a reçu un bon, un sexuel, parce qu'il se détend, il devient tout sympa avec moi, comme pour contrebalancer le tumulte qui gronde dans son cœur. Attention, je n'essaye pas d'être poétique, quand je dis ça ; je le vois battre, faire bouger la poche de sa chemise. Je connais cet homme, je suis le cou par lequel il respire. Je suis sa secrétaire.

Avant, il louait deux bureaux, un pour lui et un minuscule pour moi. Mais ensuite il a dit que ça commençait à être un peu juste et qu'il allait falloir que nous partagions un bureau. Juste. Il ajoute treize à soixante-douze. Deux plus trois égale cinq, il regarde ses mails, un plus sept égale, vérifie les mails, huit, vérifie les mails, ce qui nous fait un total de, mais pour qui je me prends, d'abord, quatre-vingt-cinq. C'est comme ça qu'il découpe sa journée, de la manière la plus pénible qui soit, en ajoutant chaque instant au précédent. Un type de plus grande envergure l'abattrait, pour mettre un terme à sa souffrance. Un comptable de niveau supérieur se collerait vraiment aux comptes, au lieu d'engager une autre comptable légèrement moins chère pour s'occuper de la comptabilité, et tabler sur la différence. Vous prenez l'air étonné, mais vous êtes certainement au courant. Les comptables font tout le temps ça, comme les restaurants indiens. Saag paneer ? Très bon choix. Le serveur transmet la commande au cuisinier, le cuisinier la transmet à l'aide-serveur, l'aide-serveur court au bout du pâté de maisons et commande un saag panir à l'autre restaurant indien, le miteux, spécialisé dans les plats à emporter. Voilà pourquoi ça prend un temps fou de se faire servir dans les restaurants plus chics. Il y a toute cette histoire de course à pied jusqu'à l'autre restaurant. Si on veut poursuivre la comparaison, moi je suis l'aide-serveur, je suis celle qui engage le vrai comptable, je lui épargne cette tâche indigne. Pourquoi faire ça, pourquoi se donner tout ce mal, faire croire qu'on est comptable, alors qu'il serait tellement plus facile de ne pas l'être. Parce qu'on est pris au piège, on dit qu'on va le faire et ensuite on est obligé de le faire, on attend de vous que vous le fassiez et vous estimez que le plus simple c'est encore de vous y coller. Je crois qu'il a dit à cette femme qu'il était comptable dès leur premier rendez-vous. Puis il s'est fait faire des cartes de visites RICK MARASOVIC, comptable, 236 – 4954, et il lui en a donné une. Ensuite il s'est procuré un téléphone, pour aller avec le numéro, puis un bureau, pour poser le téléphone, et puis moi. Donc en un sens nous travaillons tous les deux pour elle.

J'avais envie de savoir qui était cette femme. Était-elle extrêmement belle ? Était-elle ignorante au point de ne pas mériter d'entendre la vérité ? Était-elle menteuse elle aussi, et était-ce donc un truc qu'ils faisaient ensemble ? Ou était-ce simplement par amour, l'amour qui peut tout justifier, y compris l'auto-immolation, ou l'immolation des autres. Je ne crois pas à la psychologie qui prétend que tout ce qu'on fait est causé par soi-même. C'est tellement erroné. Nous sommes des animaux sociaux, et tout ce que nous faisons est fonction des autres, parce que nous les aimons, ou parce que nous ne les aimons pas. Elle n'est jamais venue au bureau, mais elle a appelé quelques fois. Habituellement, il me disait de lui dire qu'il n'était pas là.

Le bureau de Rick Marasovic.

Dana, c'est Ellen.

Bonjour, Ellen.

(Rick hoche la tête : oui, il est là ; ou il secoue la tête : non, il n'est pas là.)

Bonjour, est-ce que Rick est là ?

Non, il n'est pas là. Je peux prendre un message ?

Est-ce que vous pouvez lui demander de passer prendre mes essences de fleurs, en venant ?

Des essences de fleurs, qu'est-ce que c'est ?

C'est une sorte de médicament obtenu à partir de fleurs distillées.

Comme l'eau de rose ?

Eh bien, en l'occurrence, il s'agit de mimules à fleurs roses.

C'est pour quoi, ce médicament ?

Pour surmonter la honte que vous inspire votre propre corps.

Ah. Je lui dirai.

(Ou une autre fois :)

Bonjour, est-ce que Rick est là ?

Non, il n'est pas là. Je peux prendre un message ?

Pouvez-vous lui demander de me rappeler le plus vite possible ?

Il y a le feu au lac ?

Pardon ?

Quelle est l'urgence ?

Je suis au bout du rouleau.

Ah. Je lui dirai.

Ainsi, au fil des ans, j'ai appris à la connaître. Pas comme je le connaissais, lui ; elle, je n'ai pas observé jour après jour le flux et le reflux des marées minuscules de sa transpiration. Mais, comme le lierre, nous poussons là où il y a de la place pour nous. Elle semblait avoir de la place pour moi ; elle ne me rejetait jamais dans les moments de silence qui permettent d'éconduire l'interlocuteur. Elle ne prenait jamais officiellement de mes nouvelles, mais elle ne battait jamais non plus en retraite. C'est une qualité que j'apprécie chez les gens, le fait de ne pas battre en retraite. Il y a des gens qui ont besoin qu'on leur déroule le tapis rouge pour vous ouvrir la porte de l'amitié. Ils ne peuvent pas voir les mains minuscules tendues tout autour d'eux, partout, comme des feuilles sur les arbres.

Bureau de Rick Marasovic.

Dana, c'est Ellen.

Bonjour, Ellen.

Est-ce que Rick est là ?

Il vient juste de sortir. Je peux prendre un message ?

Est-ce que vous pouvez lui dire que je rentrerai tard à la maison ?

Pourquoi si tard ?

J'ai un cours de couture pour débutantes.

Où ?

Au Centre d'enseignement pour adultes.

Ah. Je lui dirai.

C'était une main tendue, la paume ouverte et sèche d'une femme et je l'ai saisie. Je suis rentrée tôt à la maison pour inspecter mon appartement avant le cours. J'avais envie de tout voir à travers ses yeux. Je fais toujours ça avant de laisser entrer quelqu'un de nouveau dans ma vie ; j'essaye d'avoir une idée de la personne que je suis, de manière à lui faciliter la tâche, que ce soit plus facile de me connaître. J'ai arpenté l'appartement, en regardant avec les yeux de quelqu'un qui a honte de son corps et qui s'intéresse à la couture. J'ai déplacé quelques objets dans la cuisine et j'ai jeté nonchalamment mon pull en travers du lit. J'ai fait la poussière sur la télévision, mais mis un peu le bazar dans les papiers sur mon bureau. Elle n'allait pas venir ici, mais moi, quand je reviendrais dans cet appartement, je l'aurais rencontrée, et je savais que j'apprécierais d'avoir anticipé.

Il n'a pas immédiatement été évident de savoir qui était Ellen, parce que nous n'avons pas fait le jeu des présentations, au début du cours. Passé un certain âge, on ne pratique plus le jeu des présentations, ce qui est regrettable pour quelqu'un comme moi qui adore tout ce qui y ressemble de près ou de loin, quand chacun dit quelques mots pour se présenter. Je regrette qu'il n'y ait pas un cours où on ne ferait que se présenter, non-stop, jusqu'à ce que chacun ait tout dit de lui-même. Dans cette classe, on était assises les unes derrière les autres, donc il était difficile de voir tous les visages. Il y avait quatorze machines à coudre Singer Scholastic, et nous étions toutes installées à une machine. En un sens, je n'avais pas envisagé qu'il y aurait des machines ; j'avais imaginé du fil, une aiguille, des femmes assises en rond, à coudre et discuter. Je suppose que c'est davantage une situation qu'on retrouve quand on confectionne une courtepointe à plusieurs. Mais lorsque la prof s'est approchée pour voir si nous arrivions à coudre droit, j'ai tendu l'oreille quand la tête châtain devant moi a dit qu'elle avait du mal à placer le fil sur la canette, « fil sur la canette » prononcé de la même manière que « mimules à fleurs roses ». Une chère tête châtain, une chevelure châtain clair, chère chère chevelure, chère et douce tête. Au travail, le lendemain, j'ai regardé mon patron différemment, j'ai essayé de déceler une sorte de grâce en lui, quelque chose sur quoi tant de douceur pouvait se poser. Peut-être cette grâce existait-elle, peut-être, oui, sauf que moi, en tant que personne qui le détestait plus ou moins, je ne pouvais pas la percevoir.

Le week-end suivant, je suis allée acheter du tissu écossais rouge et bleu à Fabric Depot et, au moment où je quittais le magasin, je l'ai vue s'approcher, après être sortie de sa voiture. Je me suis immobilisée avant de réaliser qu'elle ne risquait pas de me reconnaître, puisque j'étais derrière elle au cours de couture. Je n'ai donc pas essayé de l'éviter. Je l'ai regardée entrer dans le magasin, sans se douter de quoi que ce soit, comme une bête dans un documentaire animalier. En cours, le lendemain, elle a sorti un tissu complètement incroyable. Avec des images de plumes, toutes sortes de plumes de toutes sortes d'oiseaux des quatre coins du monde. Et de là où j'étais assise, elles paraissaient photographiques. C'est possible, ça ? D'imprimer des photos sur de la flanelle ? Je l'ai imaginée en avion dans le monde entier, prenant des photos ; tous les oiseaux convergent vers elle, tous ces oiseaux lui apprennent à voler, elle vole en l'air sur le dos, elle n'a pas peur du tout. Cette semaine, elle a encore eu des problèmes avec sa canette, comme moi. Sue a entièrement enlevé sa canette et l'a posée par terre. Plus de canette, et tout à fait sûre d'elle. Ça, c'est Sue.

C'est Ellen qui s'est adressée à moi la première. C'est souvent comme ça, parce que je suis imposante. Les plus petits sont attirés par les plus imposants ; dans le cas des océans et des fleuves, les plus petits se jettent dans les plus imposants. Elle ne s'est pas jetée dans moi, mais nous avons fait connaissance après le cours, j'ai dit que j'étais la secrétaire de son mari. Je lui ai dit que c'était elle qui m'avait donné l'envie de m'inscrire à ce cours et que j'espérais que nous pourrions faire connaissance. Il est important que des amitiés se fondent sur des bases d'honnêteté. Elle a hoché la tête et a été un amour à tous égards. Je ne parle pas ici de lesbianisme, quoique je ne m'y oppose nullement, et j'imagine que je pourrais être séduite, si une femme se livrait à un lent strip-tease particulièrement élaboré devant moi, à la lueur des bougies, agrémenté d'un contact corporel subtil. Je suis ouverte aux expériences nouvelles, mais il ne s'agissait pas de cela. Nous sommes retournées à mon appartement après ce deuxième cours. Je lui ai fait visiter les lieux, et lorsqu'elle a jeté un œil dans ma chambre à coucher, son regard s'est posé sur mon plus beau pull, que j'avais chaque jour à nouveau jeté en travers de mon lit. Elle a dit : Comme on est bien, ici, et un sentiment de bien-être nous a enveloppées. Quand elle a vu mon bureau en bazar, elle a dit qu'elle était pareille, qu'il n'y avait pas de poussière sur la télé et que j'étais facile à aimer. Les gens ont juste besoin d'un petit coup de pouce, car ils ont tellement l'habitude de ne pas aimer. C'est comme inciser l'argile pour y coller un autre morceau d'argile.

J'ai fait du jus d'orange à partir de concentré et je lui ai montré le truc qui consiste à y ajouter le jus d'une vraie orange pressée. Ça enlève le goût de surgelé. Elle s'en est émerveillée, et j'ai ri en disant : La vie est facile. Ce que je voulais dire, c'était : La vie est facile quand tu es ici, et quand tu t'en iras, elle sera dure à nouveau. On aurait dit une journée anniversaire, notre premier anniversaire, et les cadeaux, c'était nous, à ouvrir et rouvrir à l'envi. Une chose que nous avons faite, ça a été chacune d'essayer les chaussures de l'autre. Mes chaussures étaient presque deux fois plus grandes que les siennes, ce qui n'a pas paru gênant. Pas uniquement mes chaussures, d'ailleurs ; mes pieds aussi et toutes les autres parties de mon corps. Elle a tendu le bras contre le mien pour comparer, et on aurait dit un embryon à côté d'un bébé. Elle a dit qu'elle était peut-être encore en phase de croissance, et nous avons collé nos jambes l'une contre l'autre ; elles aussi étaient d'une taille radicalement différente, notre curiosité s'épanouissait comme une rose, nous voulions savoir, nous voulions vraiment savoir toutes les choses impossibles à connaître concernant l'autre, à quel point nous étions identiques, et à quel point nous étions différentes, si nous étions différentes, alors qu'il n'y a peut-être pas de différence entre les gens. Nous avions envie de lancer des éclairs dans les eaux obscures, pour voir, ne fût-ce qu'une seconde, le monde entier qui vit ici-bas, les dix millions d'espèces de toutes les couleurs et de toutes sortes. Montrez-nous la vie, maintenant. Nous avons collé nos lèvres et nos ventres les uns aux autres, et nos lèvres non plus n'étaient pas de la même taille ; mais les miennes étaient en gros de la taille de son oreille, et son bras, une fois enroulé autour de ma taille, paraissait long et, plus important, était chaud. Nous nous sommes immobilisées et nous sommes regardées. Cela paraissait incroyablement dangereux de se regarder dans les yeux, mais c'est pourtant ce que nous faisions. Pendant combien de temps peut-on regarder une autre personne ? Avant d'avoir à penser de nouveau à soi, comme lorsqu'on replonge le pinceau pour prendre de l'encre. Pendant un très long moment ; pas besoin de reprendre de l'encre, il n'y avait aucune raison de reprendre quoi que ce soit d'autre, parce qu'elle était aussi bonne que moi, elle vivait sur terre comme moi, elle avait souffert comme moi. C'est elle qui a détourné le regard et remonté le drap jusqu'à son menton.

Après cela, je nous ai resservi du jus d'orange et lui ai montré comment faire des glaçons de jus d'orange. Mais elle a dit qu'elle connaissait le truc. Elle a enfilé sa jupe et ses chaussures minuscules. Soudain il s'est fait très tard, et de là où j'étais j'ai vu la poussière qui commençait à se redéposer sur la télé. Je ne ferais probablement plus jamais la poussière sur la télé ; je n'aurais plus aucune raison de le faire. Cela m'a rendu si violemment triste que je suis allée chercher un chiffon, et j'ai commencé à faire la poussière ici et là. C'est alors qu'elle a dit : Est-ce que je peux te poser une question personnelle ? J'ai dit : Quoi ? Et elle a dit : Est-ce que tu pourrais un jour toucher une femme ? J'ai interrompu mon dépoussiérage. Ce n'était pas une question, c'était une réponse, et je n'ai pu qu'acquiescer. J'ai dit : Non, probablement pas, sauf en cas de lent strip-tease particulièrement élaboré, et encore, même pas sûr. Elle a dit : Moi, pareil, et j'ai arrêté de faire la poussière, j'ai replié le chiffon en un petit carré que j'ai tenu dans mon poing. La sensation que j'ai eue sur le coup c'est que j'avais bu trop de jus d'orange et que l'acide m'attaquait le ventre, et peut-être aussi le reste. Je suis restée assise, parfaitement immobile, de manière à retenir ma forme humaine et ne pas lâcher de gaz. J'ai baissé la tête, regardé mes cuisses imposantes, et elles m'ont rappelé son mari. Elle ramassait son sac à main et ses clés. J'ai redressé le dos, fait un pas en avant, et dit : Je vais maintenant te dire dix choses vraies concernant ton mari. Numero uno : il n'est pas vraiment comptable. Elle a dit que cela, elle le savait déjà, et a demandé quelles étaient les neuf autres choses. Je lui ai dit qu'en réalité il n'y en avait qu'une, que les autres n'étaient que des détails en rapport avec la première chose. Je lui ai demandé si elle avait pensé à l'analogie avec le restaurant indien, et elle a dit : Qu'est-ce que tu veux dire par là ? Je lui ai expliqué, et elle m'a demandé si c'était une blague raciste ; et j'ai dit : Non, c'est un fait secret avéré. Mais nous ne nous intéressions déjà plus aux faits secrets avérés, ni même à la vérité, sous quelque forme que ce soit.

Après son départ, je suis restée debout au milieu du séjour, et j'ai décidé que ce n'était pas grave de rester debout comme ça aussi longtemps que je le voulais. On était au pays de la liberté, et personne ne pouvait me voir. Je pensais que je finirais par en avoir marre, mais je n'en ai pas eu marre, simplement mon état n'a fait qu'empirer. J'avais toujours le chiffon à poussière à la main, et j'ai su que si j'arrivais à le laisser tomber, je pourrais bouger de nouveau. Mais ma main avait été construite pour tenir éternellement ce chiffon sale. Cela faisait trois ans que j'étais la secrétaire de cet homme, et chacune de ces années avait été constituée de milliers de moments qui, sans elle, auraient tous été insupportables. Cela semblait à présent évident que nous avions, ou en tout cas que moi j'avais, travaillé dur pour elle. Comme les mères travaillent pour nourrir leurs enfants, comme les maris travaillent pour leur femme. J'ai senti la base commencer à se fissurer, et dans ma tête je me suis dit : Échappe-toi. Mais je ne pouvais pas m'échapper, je ne pouvais pas quitter ce poste que j'avais mis trois ans à consolider. J'ai tenu le chiffon et tout m'est tombé dessus sans que je lève le petit doigt. Mes genoux ont flanché, je me suis écroulée par terre. J'ai pleuré en anglais, j'ai pleuré en français, j'ai pleuré dans toutes les langues, parce que les larmes sont les mêmes partout dans le monde. De l'esperanto.

Je suis allée au travail le lendemain, par curiosité, comme les gens retournent dans leurs villages après la guerre, pour voir ce qu'il en reste. Le dérouleur de scotch était toujours à sa place, il y avait ma chaise, mon bureau, et lui et son bureau. Mais tout le reste avait disparu. Toutes les choses invisibles avaient disparu ; à leur place, il y avait juste un mauvais comptable et sa secrétaire. Il s'est approché de mon bureau, à midi, et a dit : Ellen m'a dit que vous aviez eu toutes les deux un petit tête-à-tête. J'ai regardé sa manche comme si c'était son visage. Il ne m'était pas venu à l'esprit que ça pourrait aussi mal tourner, que l'humiliation s'ajouterait au carnage. Je ne savais même pas exactement ce que signifiait « tête-à-tête ». J'ai envisagé de démissionner sur-le-champ, et aussi de me couper entièrement les cheveux, et ceux de mon patron aussi. J'ai envisagé de nous couper les cheveux à tous les deux, puis de tout mélanger, d'y mettre le feu, et ensuite de démissionner. Mais je n'ai rien fait de tout cela.

Le jour du dernier cours, il y avait du punch et nous portions toutes nos peignoirs. Nous les avons enlevés des machines, les avons repassés, puis les avons enfilés par-dessus nos vêtements. Nous avions l'air d'un groupe de femmes qui se connaissaient très bien. Des femmes qui se réveillent ensemble le matin, s'étirent, et enfilent leur peignoir. Des peignoirs en tissu écossais, des peignoirs fuchsia, son peignoir aux motifs à plumes. Je suis restée loin d'elle et elle encore plus loin de moi. Je me suis tournée vers une autre femme, dont j'ai tâté la large ceinture à nœud, et à qui j'ai demandé comment elle s'y était prise pour obtenir des coins aussi impeccables. Elle a répondu qu'elle s'était servie d'une aiguille, que c'était facile, qu'elle pouvait me montrer comment faire. Elle a relevé les extrémités de ma ceinture pour les poser sur ses genoux et s'est mise à tripoter les coins. À chaque geste, je sentais de toutes petites vibrations qui passaient par sa large ceinture à nœud et entouraient ma taille ; j'espérais qu'Ellen nous regardait. Il y avait de la douceur dans l'air, avec toute cette flanelle ; la froideur du Centre d'enseignement pour adultes en paraissait atténuée. Deux femmes tapotaient tendrement la poitrine d'une troisième qui s'était renversé du punch. Un groupe de femmes plus jeunes se faisaient des nattes. Mais entre Ellen et moi s'étirait une incompressible et lisse distance. Soudain, Sue est sortie des W.-C. en tenant son peignoir à la main, nue. Elle venait de découvrir qu'elle ne pouvait pas l'enfiler, parce que ce n'était pas vraiment un peignoir, ce n'était rien. Toutes les femmes se sont figées et se sont tues, Ellen et moi avons échangé un bref regard. Notre nudité nous a été remémorée, comme si l'air ambiant était victime d'une crise cardiaque. Il n'y avait dans ses yeux aucune envie de me présenter des excuses, il n'y avait ni amour ni tendresse. Mais elle m'a vue, j'existais, et cela m'a soulagée d'un poids. Ça tient à si peu de chose. Sue a traversé la pièce avec assurance et a largué son bout de flanelle par terre, en plein milieu, comme une ruche rose ou un bulbe de tulipe géant. Toutes les femmes se sont rassemblées, comme autour d'un feu que nous nous sommes bien gardées de toucher, mais dont nous ne pouvions détacher le regard.

Les mouvements

Avant de mourir, mon père m'a appris ses mouvements de doigts. Des mouvements pour provoquer l'orgasme chez la femme. Il a dit qu'il ignorait s'ils me seraient d'une quelconque utilité, vu que j'étais moi-même une femme, mais c'est tout ce qu'il avait à m'offrir en guise de dot. J'ai compris ce qu'il voulait dire : il voulait dire héritage, legs, et non pas dot. Il y avait en tout douze mouvements. Il les a tous faits sur ma main, comme une langue des signes. C'était essentiellement une question de vitesse et de pression, combinées de différentes façons. Il y avait des fioritures auxquelles je n'aurais jamais pensé. J'ai imaginé qu'il les avait apprises lorsqu'il était à l'étranger. Un brusque renversement à la fois de la vitesse et de la direction. Des doigts immobiles retenus comme un silence, pendant un temps, et ensuite de longues caresses rapides qu'il appelait « épluchage ». J'étais constamment tentée de prendre des notes ; il s'est moqué, est-ce que je croyais que je sortirais mes notes, le moment venu ? m'a-t-il demandé. Tu t'en souviendras, a-t-il dit, et il s'est remis à m'« éplucher » la paume à l'aide de son doigt sec. Ça faisait comme un massage de main. Il avait incroyablement confiance en lui. Je ne me voyais pas essayer ces mouvements toute seule avec autant de confiance. Il y a une femme que tu rendras très, très heureuse, il a dit. Mais je savais que je n'avais jamais rendu qui que ce soit très, très heureux, et je ne pouvais imaginer qu'une seule chose : faire venir mon père, lorsque l'occasion se présenterait. Sauf qu'à ce moment-là, il serait mort, et je suppose qu'elle serait lesbienne et ne voudrait pas qu'il la touche. Il faudrait alors que je fasse les mouvements moi-même. Ce serait à moi de décider quand elle était prête pour le six et pour le sept. Supporterait-elle l'intensité de l'instant d'immobilité, succomberait-elle aux plaisirs rapides de l'épluchage ? Il me faudrait tendre l'oreille pour le savoir. Pas seulement guetter sa respiration, a dit mon père, mais l'humidité de sa peau au creux de ses reins. Cette transpiration est votre émissaire secret. À un moment donné, elle sera sèche comme un sirocco et l'instant d'après, ce sera l'inondation de Cape Cod ! N'attends pas d'être sûre, sinon tu manqueras le coche, monte en selle et bouge, bouge, bouge.

Chaque matin, quand j'essaye de me motiver vers quelque chose de positif, je pense à lui en train de me dire ça, et c'est un grand réconfort. Je sais qu'un jour je rencontrerai quelqu'un de spécial, que j'aurai une fille et que je lui enseignerai ce qu'il m'a enseigné. N'attends pas d'être sûre. Bouge, bouge, bouge.

Mon Plaisir

Ils sont beaux.

Je sais, mais vous allez m'en débarrasser. Je veux une coupe au carré.

Vous ne voulez pas un peu plus court ? Et si je vous les coupais à cette hauteur, au niveau des oreilles ?

Vous pensez que ce serait mieux ?

Non, mais ça ferait plus de vingt-cinq centimètres de long, et nous pourrions les donner à Hair for Care. C'est une institution caritative qui fabrique des postiches pour les enfants qui n'ont pas de cheveux.

Vous travaillez pour eux, pour l'institution caritative ?

Non.

Dans ce cas, je vais m'en tenir à la coupe au carré.

Vous pourriez les laisser pousser encore de deux ou trois centimètres, et revenir me voir ; et là je vous ferai une coupe au carré. Comme ça, tout le monde est gagnant.

Non, il faut que ce soit aujourd'hui. C'est le premier jour de ma nouvelle vie.

Ah. Moi, j'ai eu une journée comme ça, la semaine dernière.

Vraiment ? Que s'est-il passé ?

Ma foi, je me suis réveillée et je me suis dit : C'est le premier jour de ma nouvelle vie.

Et ensuite, que s'est-il passé ?

J'ai pris ma voiture et je suis partie travailler.

Ah.

Ouais.

Donnons à cet enfant de nouveaux cheveux.

*

Lorsque mon mari a vu ma nouvelle coupe courte, j'ai eu droit au regard qu'on s'adresse quand l'un des deux oublie qui nous sommes. Nous ne sommes pas de ces gens qui achètent du cacao instantané, nous ne bavardons pas, nous n'achetons pas de cartes Hallmark, pas plus que nous ne croyons aux rituels Hallmark, comme la Saint-Valentin ou les mariages. De manière générale, nous tâchons de nous tenir à l'écart des choses DÉNUÉES DE SENS, nous leur préférons les choses QUI ONT UN SENS. Dans la catégorie des choses QUI ONT UN SENS, nos trois préférées sont : le bouddhisme, une alimentation saine et le paysage intérieur. Aller chez le coiffeur entre dans la même catégorie que se couper les ongles des mains ou des pieds, la même catégorie que tondre la pelouse. Tondre la pelouse, nous n'y croyons pas vraiment ; nous le faisons uniquement pour éviter d'avoir inutilement affaire aux voisins. Les voisins taillent leurs buissons en leur donnant des formes ridicules d'animaux. Puis il s'est replongé dans sa transcription d'une conférence de Barry Mendelson, qui est une espèce de gourou local. Il fait ces transcriptions gratuitement pour le zendo où nous allons. Parfois les

159

conférences sont très longues, et la transcription lui prend plus de cinquante heures. Mais il considère que ça vaut le coup, parce que quand la transcription est diffusée sur le site web du zendo de Valley Pine, il peut dire : C'est moi qui ai écrit ça, et en un sens, c'est vrai.

Je suis allée dans notre chambre à coucher et je me suis couchée par terre, pour ne pas défaire les couvertures. De là où j'étais, j'ai vu de la poussière et des vieux magazines, sous le lit, qui m'ont rappelé un documentaire sur les fourmis que nous avions regardé. Il existe des civilisations entières là-dessous, toutes aussi actives que nos villes à la surface de la terre. Nous ne faisons plus l'amour. Je ne me plains pas, c'est de ma faute. Je suis allongée à côté de lui, j'essaye d'envoyer des signaux à mon vagin, mais c'est comme essayer de regarder les chaînes câblées sur un téléviseur qui n'a pas de branchement pour recevoir les programmes du câble. Mon esprit réclame de faire l'amour, mais mon vagin se contente d'attendre la prochaine fois qu'il aura besoin de faire pipi. Il pense que son unique boulot dans la vie c'est de faire pipi.

À huit heures, Carl est allé au tai-chi, mais il est rentré à la maison en avance parce que le prof n'était pas là. Il y avait un remplaçant, mais pas un vrai, a dit Carl.

Tu veux dire que ce n'était pas un vrai prof de tai-chi ?

C'était un rigolo. Il n'a pas arrêté d'essayer de faire rigoler tout le monde.

Ah. Je croyais que tu voulais dire que c'était un imposteur, genre un gars qui passait comme ça dans la rue.

Il n'utilise pas les vrais noms, pour les mouvements.

N'empêche, tu imagines comme ce serait bizarre, si un vrai comique qui passait dans la rue essayait d'enseigner le tai-chi ? Comme si Bob Hope essayait de vous apprendre le tai-chi ?

Au lieu de dire *yun shou*, il a dit « mains comme les nuages ». Je ne paye pas un cours quatorze dollars pour faire les « mains comme les nuages ».

*

Nous nous couchons tôt, je demande à Carl s'il a envie que je lui donne le sein, et il me dit que non. Je lui donne le sein, ça, c'est un de nos trucs. Un peu comme le bouddhisme et l'alimentation saine, mais différent, aussi, quand même. En fait, le sein entre dans une autre catégorie. Dans cette catégorie, il pourrait y avoir :

Ma colère inexprimée contre rien en particulier.

et :

Le sentiment qu'il existe un « autre niveau » et que je devrais l'avoir atteint.

Carl aurait certainement d'autres choses à ajouter à cette liste qui pourrait s'appeler : Les-choses-importantes-que-nous-ne-comprenons-pas-et-dont-assurément-nous-n'allons-pas-parler. Nous lisons au lit pendant longtemps avant d'éteindre la lumière. Je lis un article sur l'autisme. On dirait que quel que soit l'endroit où on va, ces temps-ci, il est présent, l'autisme. Si j'avais un bébé et qu'il se mettait à déchirer le papier en petits bouts de plus en plus petits, il ne me faudrait pas des années pour découvrir le pot aux roses. Je me dirais immédiatement : Sapristi, j'ai un autiste, et je me mettrais immédiatement au boulot. Mais je n'aurai pas d'enfant autiste. Je n'aurai pas d'enfant ; je suis trop âgée, maintenant. Pas de beaucoup, mais tout juste. Une femme très motivée pourrait encore essayer, mais pour une femme comme moi, il est bien trop tard.

Je me suis réveillée à sept heures du matin et je me suis dit : C'est le deuxième jour de ma nouvelle vie. Il n'y a pas une chose en particulier, c'est juste la sensation d'être à la dérive. Comme si le bateau avait largué les amarres, il y a deux jours, et maintenant je vogue sur la mer. J'essaye de faire attention à tout, comme une touriste, bien que tout soit familier. J'ai déjà fait ça ; d'ailleurs si Carl et moi avons commencé à nous intéresser à la vie saine, il y a quatre ans, c'est grâce à moi. J'ai commencé avec le pain complet pour nos sandwichs, puis il y a eu le tai-chi, auquel je n'ai jamais complètement accroché, et ensuite le bouddhisme. Carl a totalement adopté ce mode de vie, après une première phase de réticence narquoise. Parfois j'imagine qu'il s'est senti tellement menacé par mes nouveaux centres d'intérêt, que c'est par pure agressivité qu'il m'a accompagnée. Comme pour dire : tu peux toujours courir, mais tu ne pourras pas te cacher. Je me suis brossé les cheveux, maintenant courts, en faisant le même mouvement ample que lorsque je les avais longs, et la brosse est venue cogner contre mes épaules. C'était une nouvelle étrangeté, délicate, et je m'y suis cramponnée comme à une bougie, en espérant qu'elle me conduirait à une étrangeté encore plus nouvelle, encore plus étrange. Ou alors je pouvais peut-être accumuler plein de petites nouvelles manières et les entasser pour former une nouvelle façon d'être grandiose. Pénétrée de cette pensée, je me suis rendue au magasin de chaussures. J'ai choisi un genre de chaussures qui m'était complètement étranger. La vendeuse et moi avons contemplé mes pieds blancs constellés de veines dans leurs espadrilles jaunes à lanières.

Vous voulez que je vous les remette dans la boîte ?

Non, je vais les garder aux pieds pour sortir.

Ça, je vous le déconseille.

Vraiment ?

Eh bien, moi je commence toujours par essayer les chaussures à la maison pendant quelques jours. Comme ça, je peux encore les rapporter si je ne suis pas à l'aise dedans.

Excellent conseil. Tout le monde devrait faire pareil.

Les gens adorent se compliquer la vie.

En tout cas, moi, oui.

Gardez-les aux pieds à la maison, c'est la première étape.

Quelle est la deuxième étape ?

Les garder aux pieds dehors.

Quelle est la troisième étape ?

La troisième étape ? À vous de décider.

J'avais les nouvelles chaussures aux pieds, dans la voiture, en allant à ma séance chez le psy, mais je les ai à nouveau enlevées avant de sortir. À chaque fois que j'entre dans le cabinet de Ruth, d'épais nuages s'envolent de mon cœur, révélant un paysage complexe, une commune dans la grisaille, une cité condamnée. Ici, je perds toujours mes moyens, et Ruth est obligée de me faire parler en me posant des questions comme : Quelle est la pire chose qui pourrait arriver ?

Nous pourrions ne plus jamais refaire l'amour.

Mais c'est très improbable.

Eh bien, j'ai l'impression qu'il est possible que je n'en aie plus jamais envie. Ça me serait même égal.

J'ai une patiente qui a eu un accident de voiture, et réellement elle ne pourra plus jamais faire l'amour – elle est paralysée. Est-ce que pour autant leur relation amoureuse est terminée ?

Elle est terminée ?

Non. Les choses ne sont pas faciles, c'est certain, mais elle est toujours autant aimée.

À ce moment-là, je pleure, émue par l'amour que reçoit cette femme qui a été blessée, et tout en pleurant je me demande si Ruth a employé à dessein la forme passive pour ne pas dire « son mari » ou « son partenaire », parce que ce sont des lesbiennes. Évidemment qu'elles le sont, et la femme paralysée se présente aussi certainement au poste de gouverneur. Je pleure de plus belle. Je voterais pour elle, carrément. Mais existe-t-elle vraiment, ou Ruth l'a-t-elle inventée, de la même manière que je la soupçonne d'avoir inventé les tendres et truculentes prises de bec avec son mari ? Pour chaque dispute que j'ai avec Carl, Ruth me sort une anecdote sur une situation similaire dans laquelle elle s'est trouvée avec son mari – si ce n'est qu'au lieu de lui en vouloir, il aime le fait qu'elle soit grincheuse, et alors elle rigole, toute penaude, en reconnaissant qu'elle a été drôlement grincheuse. Putain, ça a l'air génial ; j'ai envie d'être penaude et de rigoler de moi-même, je veux être grincheuse. Ruth me tend la boîte de Kleenex et c'est déjà la fin de la séance. Je me mouche à moitié, j'attends d'être dehors pour me moucher à fond.

*

Quand je rentre à la maison, Carl est en train de méditer. J'aime ces moments-là, parce qu'il a les yeux fermés ; ça me donne l'occasion d'être davantage comme j'aimerais être quand je suis avec lui. J'enfile les espadrilles et je m'assois sur le canapé face à lui, qui est sur la moquette. D'abord, calmement, je fais la grincheuse, puis je relève les épaules, je fronce les sourcils, je me mets bien droite et j'articule en silence :

Qu'est-ce t'as, espèce de grincheuse ?

Je voûte les épaules et j'articule en silence : Bon sang, tu es toujours en train de méditer.

Je me remets bien droite : Zut alors, la grincheuse (allez savoir pourquoi, les versions silencieuses de Carl et moi parlent comme les Chenapans), laisse-moi tranquille. Je travaille sur la dualité de mon corps et de mon esprit.

Mes épaules s'affaissent, je dis d'une voix maussade : Ta méditation, ta méditation, tu parles. Moi aussi, tu sais, je peux parler de la dualité de mon corps et de mon esprit.

Je me redresse : Bien sûr que tu peux, grincheuse, tu as tellement l'esprit coupé en deux, on dirait un pois cassé.

Je laisse tomber les épaules et me prépare pour l'estocade. Je me replie sur moi-même, ferme la bouche et, en silence, penaude, je me moque de moi-même. Mh, mh, mh, mh. D'abord c'est déchirant et je me mets à pleurer. Mais pleurer est une habitude, alors j'appuie, je fais rentrer mes yeux sous leurs paupières, et me voilà plus penaude encore : Mh, mh, mh, mh. Je trouve un rythme, je laisse tomber le rire, je ne reprends ma respiration que tous les quatre intervalles. Mes bras sont enroulés autour de mon corps, c'est un sentiment agréable, comme le galop. Mh, mh, mh, mh. Tout en galopant, je commence à avoir la sensation que je galope aux côtés de Carl, et je me demande si je suis en train de méditer. J'ai peut-être découvert par hasard une puissante technique de respiration indienne. Mh, mh, mh, mh. C'est peut-être un truc que les gourous n'enseignent qu'après plusieurs années de pratique. Elle n'est même pas disponible au zendo de Carl, il faut aller en Inde pour l'apprendre, mh, mh, mh, mh. Mais moi je suis tombée dessus comme les dalaï-lamas obtiennent leur poste, à la naissance. Moi, une Américaine ordinaire, mh, mh, mh, mh, je suis en train de pratiquer la respiration qui guérit, l'antique respiration oubliée. Carl ne sera-t-il pas jaloux quand ils lui diront, quand ils m'emmèneront à un endroit qui lui sera interdit. Je suis désolée, lui dirai-je, mais cela nous dépasse. Il se démènera, il essaiera de pratiquer l'antique respiration, mh, mh, mh, mh, et je rirai avec compassion, son imitation sera tellement lamentable que j'aurai envie de lui donner un coup de poing dans la figure. Je respire fort et vite, je fais trembler mon corps grâce à de menues et vigoureuses étreintes, c'est authentique, la rage est authentique, c'est antique, c'est oublié, mh, mh, mh, mh ! Soudain, je m'arrête et ouvre les yeux. Carl est là. Il sent que je le dévisage, ouvre les yeux et me regarde. Me voilà. Nous voilà, dans le séjour.

*

Ce soir-là, il a voulu le sein, alors j'ai relevé ma chemise de nuit. Je n'ai rien à faire, mon nichon est là, il le tète. À chaque fois ça me rend triste et ça me donne soif. Mais les deux sensations sont interver-

ties ; la soif a la profondeur et la texture que la tristesse devrait avoir : une soif comme une douleur, un
hurlement, un sanglot. Et voilà la tristesse lamenta-
blement rabaissée au rang de soif, juste une petite
gorgée d'émotion, qui se traduit par une moue ren-
frognée, qu'il est possible d'étancher. Ces sensations
interverties s'équilibrent sans doute logiquement
quand il y a du lait dans le nichon. J'ai senti l'érection
de Carl contre mon genou, mais j'ai patienté, et au
bout d'un certain temps, elle est passée. Il s'est déta-
ché du mamelon, et nous sommes restés allongés
dans cette pénombre que je considère désormais
comme nous appartenant en propre.

As-tu remarqué mon nouveau look ?

Ta coupe de cheveux ?

C'est plus que ça.

Est-ce que c'est intérieur ?

Oui, et j'ai aussi de nouvelles chaussures.

Ah.

Une auto est passée dehors, et nous avons regardé
les blocs de lumière glisser au plafond. Carl a
appuyé avec son pied sur le dessus du mien, et j'ai
répondu en relevant mon pied contre sa plante.
C'est un truc que nous avons fait la toute première
fois que nous avons couché ensemble, un geste de
sept ans d'âge. Il n'y a pas vraiment eu de période
pendant laquelle nous nous serions petit à petit
séduits ; nous nous sommes rencontrés par hasard,
et nous nous sommes rapidement rendu compte
que nous nous étions tous les deux fait larguer la
semaine précédente. Quand nous avons arrêté de
parler de nos ex, cela faisait un an que nous étions
ensemble. J'ai relevé le pied contre celui de Carl et
lui a abaissé le sien contre le mien. Si ce geste était
une personne, elle serait en cours élémentaire pre-

mière année, à présent. Mais il ne s'agit que de quelques mouvements. Cependant je ne me sens jamais plus proche de lui que quand nous faisons cela. Comme si nos pieds étaient dans une relation amoureuse parfaite, honnête, affectueuse ; mais à partir des chevilles, nous sommes perdus. J'appuie de nouveau sur sa plante avec le dessus de mon pied, cette fois il ne répond pas ; il s'est endormi.

Au huitième jour de ma nouvelle vie, j'ai commencé à me demander si c'était vraiment ma nouvelle vie, et non pas seulement la continuation de l'ancienne. Je disposais de si peu de chose pour continuer. L'étape numéro deux consistait à marcher dehors avec les chaussures, c'est donc ce que j'ai fait. Je me suis promenée dans le quartier. Je suis allée jusqu'à la grande avenue animée et je suis entrée dans le café à la mode où les étudiants aiment se retrouver. Je n'ai rien pu consommer, car je n'avais pas pris mon porte-monnaie, alors je suis allée aux W-C. Je me suis servi des toilettes, du papier toilette, du savon, de l'eau, des serviettes en papier, de tout ce que les W-C avaient à offrir. Puis je suis sortie et j'ai consulté le panneau réservé à l'affichage des particuliers. De nombreuses annonces comportaient une rangée de petites bandes de papier prédécoupées ; elles aussi étaient gratuites, alors j'en ai pris une de chaque. Puis je suis rentrée à la maison. Je me suis allongée par terre dans la chambre, j'ai regardé sous le lit et j'ai eu exactement la même succession de pensées à propos du documentaire sur les fourmis. Des civilisations entières. Exactement comme les nôtres. Là-dessous. Je me suis retournée sur le ventre et, les lèvres sur la moquette, j'ai chanté la chanson dont les paroles sont « *Why must I be a teenager in love ?* » Mais sans le « *teenager in love* », juste « *Why must I be ?* » Pourquoi faut-il que je sois ? Mais avec le même désir, pourtant, le même chagrin. J'ai sorti les bouts de papier et je les ai étalés sur la moquette. Ils étaient tous de couleurs différentes, y compris fluo. Sur la plupart figurait juste un numéro de téléphone, sans le moindre détail supplémentaire. J'ai rassemblé ces mystérieux bouts de papier en un tas et j'ai étudié les autres. Trois d'entre eux concernaient des chats perdus, il y avait aussi des chatons à donner, une recherche de figurants pour un film, deux demandes de sous-location, une offre de pièce à louer dans un domicile végétarien, et une demande de baby-sitter. Je les ai disposés en les classant par thèmes, puis en arc-en-ciel. J'ai fixé l'arc-en-ciel en plissant les yeux jusqu'à ce qu'il devienne joliment flou et j'ai chuchoté l'étape trois : À vous de décider.

Ce soir-là, j'ai soudain commencé à regretter mes cheveux. J'ai cherché sur Internet Hair for Care et j'ai scruté les photos des enfants qui avaient bénéficié de cette initiative. Bien sûr, il était trop tôt pour que mes cheveux soient déjà sous forme de postiche sur la tête d'un enfant, mais les photos n'en étaient pas moins rassurantes. Les fillettes souriantes aux chevelures opulentes tenaient des photos d'elles, avant, chauves, la mine morose. J'ai appris que mes cheveux seraient combinés à neuf autres queues-de-cheval pour fabriquer une seule perruque. Mes cheveux gris seraient enlevés et vendus à un perruquier commercial ; les sommes ainsi encaissées serviraient à équilibrer les frais de poste et l'entretien du site Internet. Donc, en un sens, j'étais une femme occupée. Des parties de moi voyageaient, équilibraient et formaient des alliances durables avec des parties d'autres femmes. J'ai grimpé dans le lit avec cette image enthousiasmante à l'esprit. J'ai exercé une pression vers le haut sous le pied de Carl, et en retour il a appuyé sur le mien.

Je pense qu'il faut qu'on passe au niveau suivant.

Est-ce que ça veut dire des enfants ?

Tu sais que je suis trop âgée pour ça.

Enfin, tout juste.

Ouais. Mais ce n'est pas ça. C'est quelque chose que je veux qu'on fasse ensemble.

Est-ce que c'est sexuel ?

Non. Pourquoi as-tu dit ça ?

Quoi ? Je pensais que tu voulais dire, quand tu as dit *ensemble*, j'ai pensé que…

Mais tu apprécies encore notre façon de faire, non ?

On peut le faire tout de suite ?

On l'a fait à notre manière. Carl a pris le sein et je l'ai branlé. Puis je me suis retournée et je me suis masturbée pendant que Carl me tapotait l'arrière de la tête. J'ai joui, et la main de Carl est retournée de son côté du lit. Je me suis tournée vers lui dans l'obscurité.

Ne t'endors pas.

Je ne m'endors pas.

Tu ne veux pas connaître le niveau suivant ?

C'est quoi ?

Je ne te le dirai que si tu me promets d'essayer avec moi.

Et si j'y étais déjà ?

Tu n'y es pas.

C'est quoi ?

Tu promets que tu le feras avec moi ?

D'accord.

Je pense qu'on devrait devenir des figurants. Tu sais, des acteurs de complément.

Comme pour le pain complet, Carl n'a tout d'abord pas été très chaud. Il a rigolé quand je lui ai montré le bout de papier vert néon avec le numéro de téléphone et le titre du film : *Hello Maxamillion, Goodbye Maxamillion*. Mais il a finalement été subjugué par ma méconnaissance de l'industrie du cinéma. Il était tellement facile d'en savoir plus que moi que Carl n'a pas résisté à la tentation. Et donc nous avons commencé.

*

J'ai été contente de revenir si vite au salon de coiffure. Il y faisait chaud, il y avait de la vapeur, les séchoirs ronronnaient, ça sentait le shampooing professionnel. Patriss' nous a montré la carte de remerciement adressée par Hair for Care, et Carl a été impressionné. Il s'est donné à elle comme s'il s'agissait d'une collecte de sang pour la Croix-Rouge. De temps en temps, je levais la tête de mon magazine pour voir la tournure que prenaient les choses. C'étaient des petites choses, un rafraîchissement de la barbe, la coupe de cheveux, les poils du nez et des oreilles, la taille des sourcils, mais que je trouvais nécessaires. Si nous n'avions pas l'air propres et ordinaires, nous risquions de détourner l'attention du spectateur des acteurs de premier plan.

Je n'entendais pas ce qu'il disait, mais Carl semblait avoir des opinions ; il était en perpétuelle conversation avec Patriss'. Elle opinait, reculait d'un pas, le regardait comme s'il avait été une peinture, et se remettait à couper. J'aurais pu regarder ça éternellement, Patriss' et Carl en train de discuter dans le salon chaud et odorant. Il n'était pas difficile de les imaginer en train de faire l'amour : elle, la jupe retroussée, lui en train de la pénétrer, ses mains à elle dans ses cheveux à lui, comme maintenant. Elle pourrait le sucer ; il aimerait ça. J'ai ressenti un élan d'affection pour Carl, et une tendresse de sœur vis-à-vis de Patriss'. « Sœur », le mot était trop fort ; je voulais qu'elle me supplie pour ça. Je lui léguais toutes sortes de désespoirs ; je lui prêtais des choses que je n'étais même pas sûre d'avoir. Elle s'est penchée en avant, lui a taillé les sourcils avec mille précautions, puis a reculé d'un pas, l'a fait pivoter, et a demandé : Qu'est-ce que vous en pensez ?

*

J'ai suggéré qu'on aille ensuite au magasin de chaussures, mais Carl a fait remarquer qu'on voyait rarement les chaussures des gens dans les films.

Mais c'est parce qu'il y a des gros plans sur les visages. Sauf que nous, on n'aura pas le droit au gros plan : on sera au second plan et on verra nos chaussures.

Si nous sommes assez loin pour qu'on voie nos chaussures, alors nous sommes bien trop loin pour que quiconque les voie distinctement.

J'y ai réfléchi et cela m'a paru pertinent. C'était étrange, Carl semblait connaître des choses sur la cinématographie et le métier. Au départ, quand il a tourné en ridicule mon idée, il s'en est moqué en disant : Même si ce n'était pas une idée idiote, de bas étage, d'une banalité presque affligeante, on ne pourrait pas la mettre en pratique, parce que nous ne sommes pas inscrits.

Inscrits ?

Au syndicat des acteurs de complément.

Ça existe vraiment, ce truc-là ?

Ma foi, tu ne crois quand même pas qu'ils vont laisser n'importe qui faire le clown sur un plateau, non ?

Et pourtant, si ; nous avons cherché sur instantcast.com et avons appris que beaucoup de films engageaient des gens comme nous, une fois atteints les quotas du syndicat. Nous avons également lu que les figurants étaient particulièrement importants ; ils ne se contentent pas de faire juste bonne figure. Imaginez un saloon rempli au Far West. Quand le méchant entre, comment sait-on que c'est un méchant ? *Parce que, en arrière-plan, des centaines d'acteurs sont pétrifiés en pleine action, verres de bière levés à quelques centimètres des lèvres, cartes à moitié distribuées, fléchettes figées en plein vol.* J'ai lu ceci tout haut à Carl, une fois qu'il a eu terminé sa retranscription du soir d'une conférence sur le bouddhisme.

Maintenant est-ce que moi je peux te lire quelque chose ?

Quoi ?

Oui ou non.

Oui.

Quand tu pourras voir la beauté d'un arbre, alors tu sauras ce qu'est l'amour.

C'est très beau.

Je trouve aussi.

Tu viens juste de retranscrire ça ?

Ouais, ça m'est venu après le dîner.

Ça t'est venu… via les écouteurs.

Ouais.

Le troisième jour de la nouvelle vie de Carl, qui était le onzième jour de ma nouvelle vie, j'ai commencé à appeler le numéro. Instantcast.com expliquait que c'était précisément ça, le système de sélection : l'empressement qu'on mettait à composer à nouveau le même numéro pendant des heures. C'était la manière véritablement professionnelle d'aborder le boulot, comme lorsqu'on appelle la radio pour gagner des places de concert. Les réalisateurs cherchent des gens capables de faire pratiquement n'importe quoi, mais qui seront contents de faire presque rien pendant des heures.

Tout en rappuyant sur la touche bis, j'ai visité plein de sites web concernant le métier d'acteur de complément, et ces sites avaient des liens avec des sites sur des vedettes célèbres de Hollywood, qui avaient eux-mêmes des liens avec des sites de vedettes de films pour adultes, et je me suis finalement retrouvée à regarder ce que filmait la webcam d'une assez jeune femme qui s'appelait Savannah Banks. Savannah n'était pas nue, comme je l'aurais pensé. Elle était à son bureau, d'abord occupée à une activité qui ressemblait au paiement de factures, puis elle passait des coups de fil. On aurait dit qu'elle écoutait ses messages, mais au bout d'un certain temps, je me suis rendu compte qu'elle était peut-être bien en train d'appuyer sur la touche bis, comme moi. J'ai soudain été persuadée qu'elle était en attente pour le casting de *Hello Maxamillion, Goodbye Maxamillion*. S'ils prenaient son appel avant le mien, j'allais être très frustrée. Elle n'en avait pas autant besoin que moi ; elle vivait seule, elle avait une webcam, plein, plein d'opportunités s'ouvraient à elle. Elle s'est laissée aller en arrière sur son siège, elle patientait. Je pouvais attendre, moi aussi. Nous étions à égalité, elle et moi, c'était l'impasse. Et puis j'ai gagné.

Casting.

Bonjour ! J'appelle pour le casting.

Lequel ?

Hello Maxamillion, Goodbye Maxamillion.

Ah, le casting est terminé.

Vraiment ?

Oui.

Ah.

Ouais. Bon, eh bien.

Bon.

En fait, il leur faut peut-être encore une personne. Je ne suis pas sûr, mais il est possible qu'ils aient encore besoin d'une personne supplémentaire, si vous y allez tout de suite.

Ah, mais c'est que je ne suis pas toute seule, il y a aussi mon mari, et il est au tai-chi pour l'instant.

Ma foi, deux, c'est peu probable.

Mais tout le truc est là – c'est pour nous deux, ensemble.

Je ne sais pas, ils ont peut-être besoin de deux personnes, vraiment je ne sais pas.

Vous croyez ?

Vous devriez vous rendre sur place.

Vraiment ?

Qu'est-ce que vous avez à perdre ?

Rien.

Apportez trois chemises chacun.

J'en apporterai quatre !

J'ai raccroché et j'ai continué à regarder Savannah. Elle mettait son manteau et prenait son sac à main. J'ai pris nos chemises et j'ai attendu devant le garage. Ce n'était pas juste, elle avait un avantage sur nous, parce que moi, il fallait que j'attende Carl.

C'était une histoire d'amour tragique. Maxamillion est un vieillard qui tombe amoureux d'une enfant et attend qu'elle grandisse, pour finalement mourir de vieillesse, le jour où elle a dix-huit ans. Nous en étions à une des scènes du début, où Maxamillion emmène son amoureuse, alors âgée de six ans, dans un restaurant français chic qui s'appelle Mon Plaisir. Nous et vingt-deux autres figurants étions installés par deux à des tables recouvertes de longues nappes. Maxamillion et la fillette étaient juste à côté de nous, ils se tenaient la main et se regardaient dans les yeux d'une manière qui, moi, me mettait mal à l'aise. Mais ce n'était pas à moi de porter un jugement sur l'amour entre ces deux personnages de fiction. Dave, l'assistant du réalisateur, nous a dit de parler et de manger comme nous le ferions normalement si nous dînions dans un restaurant français chic, mais de prendre de minuscules bouchées, de manière à ce que le repas puisse durer quatre ou cinq heures. Carl a regardé dans son assiette ; ne pas manger des plats français était facile pour nous, car nous mangeons macrobiotique. Ça tourne !

Salut.

Salut, Carl.

Habituellement, on ne se dit pas salut, à table.

Maintenant, je vais boire un peu de mon eau.

Moi aussi.

Non, on ne peut pas tous les deux boire de l'eau !

Pourquoi pas ?

Ce n'est pas crédible.

Mais j'ai une soif pas croyable.

Alors attends un peu.

Carl s'est calé bien au fond de sa chaise, en attendant.

Qu'est-ce que tu fais ? Il faut qu'on continue à parler !

Eh bien, manifestement, je ne suis pas un acteur, mais d'un autre côté ce n'était pas mon idée.

Ah, génial, alors maintenant c'est ma faute si...

COUPEZ ! Coupez, coupez, coupez, coupez !

C'est là que nous avons appris une leçon décisive concernant le travail de l'acteur de complément. Quand Dave nous avait dit de parler comme nous l'aurions normalement fait dans un restaurant français chic, il voulait dire comme vous l'auriez normalement fait mais *sans prononcer les mots*. Parlez en silence. Il pensait que nous étions au courant. Non. Nous ne savions même pas pourquoi nous étions là. Soudain je me suis rappelé Savannah ; j'ai regardé autour de moi, mais elle n'était pas au Mon Plaisir. Évidemment qu'elle n'y était pas. Elle n'habitait probablement pas dans cette ville. Elle avait probablement un vrai rendez-vous amoureux dans un vrai restaurant français. J'ai regardé Carl et il m'a regardée. Notre morne réalité était à présent manifeste : nous ne pouvions pas nous en aller et nous ne pouvions pas changer de partenaires. Maxamillion caressait la main de la fillette d'un doigt fripé, et Dave a dit : Ça tourne.

Et là, nous nous sommes débrouillés comme de vrais acteurs. Nous parlions en alternance, comme des gens qui parlent, nous écoutions, hochions la tête et riions en silence en prenant de minuscules bouchées. Nous bougions les lèvres, nos visages s'animaient, nous esquissions parfois de grands mouvements pour souligner notre propos, nous nous animions comme s'animent les jeunes couples quand ils parlent. Carl m'a même interrompue, il a articulé quelque chose en silence, puis a acquiescé à ce que je disais, a probablement poussé un cran plus loin, et là j'ai su, connaissant la façon qu'ont les gens de parler quand ils sont heureux, qu'il avait dit quelque chose d'amusant. J'ai ri sans un bruit et Carl a souri, un vrai sourire, tant il était content de m'avoir fait rire. Et ça a été formidable de voir ce sourire, je me sentais radieuse, d'une certaine façon je me suis sentie resplendissante, et là, coupez.

Maintenant que nous avions le droit de parler, nous ne disions plus rien. Nous ne pouvions même pas nous regarder ; c'était trop gênant. J'ai attendu avec nervosité que la caméra se remette à tourner, et lorsque Dave a donné le signal, j'ai levé les yeux, j'ai regardé les yeux de Carl, qui se sont plissés : il souriait. Il était magnifique avec sa chemise à col et sa nouvelle coupe de cheveux. Il nous a resservi du vin et nous avons levé nos verres en articulant silencieusement : À nous ! Et par « nous » je sais que nous entendions tous les deux non pas *nous*, mais ces deux personnes qui s'étaient rencontrées pour la première fois au Mon Plaisir. J'ai fait glisser ma main sur la table, Carl l'a rapidement recouverte de la sienne, je me suis épanouie comme une allumette qui s'enflamme. Et coupez.

De nouveau nous avons attendu, têtes baissées. Sa main est restée sur la mienne, mais sans vie, et pendant qu'on replaçait les projecteurs autour de nous, j'ai eu le temps de me demander combien il restait de prises. Il n'y en aurait pas suffisamment.

Dès que le tournage a repris, j'ai serré les doigts de Carl et il a saisi les miens. L'urgence était évidente à présent, nous nous sommes tous les deux penchés en avant et j'ai tenu son menton recouvert de barbe, nous nous sommes brièvement embrassés, car nous ne voulions pas détourner l'attention de la table des acteurs principaux. Il y avait entre nous un sentiment de tristesse et de désespoir. Nous ne pouvions pas regarder ailleurs, chacune de nos inspirations était une question : Oui ? Suivie de : Oui. De chutes en rattrapages, nous sommes descendus jusqu'à un endroit précaire et coloré ; je savais depuis toujours qu'il était là, mais je n'avais jamais deviné où. Les prises se sont succédé – un problème de caméra nous a séparés pendant vingt minutes – mais nous nous sommes retrouvés avec avidité. Le nouveau sens de l'humour de Carl s'est épanoui en silence, il a fait des gestes d'une absurde subtilité qui m'ont étonnée au point que j'ai failli éclater d'un rire audible. Et je ne pouvais plus faire un geste sans faire l'amour. À chaque fois que je bougeais sur ma chaise, que je levais ma fourchette, écartais les cheveux de mes yeux, j'avais un mal fou à exécuter mes mouvements, j'avais l'impression d'évoluer à travers du miel, lentement, ce qui impliquait toutes sortes de choses. Je redoutais que notre souffle soit trop bruyant. J'ai attrapé ses avant-bras, il a enlevé ses chaussures, sous la table, nos pieds se sont pressés l'un contre l'autre avec une éloquence presque vocale. Dave a crié Coupez, puis a ajouté :

Ce sera tout pour les figurants, merci à tous les acteurs de complément.

Carl et moi, nous nous sommes regardés, pris de panique. L'équipe a commencé à applaudir, tout le monde a applaudi ; nous n'avons pu que nous lever de table et quitter d'un pas mal assuré la pièce, tout comme les vingt-deux autres dîneurs. Nous ne nous sommes pas adressé un regard en regagnant nos loges respectives. Nous nous sommes retrouvés dans la voiture et sommes retournés à la maison dans un silence étouffant. En traversant la pelouse devant la maison, Carl s'est arrêté pour enrouler le tuyau d'arrosage que j'avais laissé étalé, la veille. Je l'ai attendu un moment, puis je me suis sentie idiote à poireauter là, et je suis rentrée. Il était tard, alors j'ai commencé à préparer le dîner. C'est seulement quand nous nous sommes assis que je me suis rendu compte que c'était bizarre. Nous nous retrouvions de nouveau à manger ensemble en silence. En enfonçant ma fourchette dans les légumes verts, je me suis mise à pleurer. Carl a levé la tête, nous nous sommes regardés, chacun d'un côté de la table. Entre nous, les choses étaient entendues : il ne fallait pas que nous restions ensemble plus longtemps. Et coupez.

Les semaines qui ont suivi, nous nous sommes étonnés. Nos habitudes se sont immédiatement désolidarisées ; je me réveillais tôt dans la chambre d'amis ; il se couchait tard pour « chatter » sur Internet avec des inconnus bouddhistes. Comme des colocataires étudiants, nous avons instinctivement utilisé des espaces différents dans le réfrigérateur pour disposer les produits alimentaires que chacun achetait à présent séparément. Il s'avérait que nous n'aimions pas vraiment manger les mêmes choses. Nous avons cherché à emménager ailleurs, il nous est arrivé de nous retrouver sur la même liste pour un appartement. Nos quelques rares moments d'intimité avaient simplement cessé. Où sont-elles passées, ces choses que nous faisions ? Étaient-elles recyclées ? Est-ce qu'un nouveau couple en Chine se les était appropriées ? Un Suédois et une Suédoise étaient-ils pied dessus pied dessous à cet instant précis ? Chacun a aidé l'autre à déménager, nous avons d'abord entreposé les cartons dans un studio qu'il avait trouvé dans le quartier, puis conduit le camion de déménagement à l'autre bout de la ville, jusqu'à mon nouveau domicile. Une fois le camion vide, nous nous sommes étreints et je me suis dit : Dans moins d'une minute j'entrerai dans ma nouvelle maison. Carl est remonté dans le camion. Il m'a saluée à travers la vitre et le camion est parti. Je me suis retournée, et j'ai marché en direction de ma nouvelle porte d'entrée. Et voilà, me suis-je dit. À moi de jouer. Mais avant d'atteindre la porte, j'ai entendu un coup de klaxon. Carl était revenu. J'avais oublié le déplantoir sur le siège avant. Nous avons discuté pour savoir ce que nous allions en faire ; désormais ni lui ni moi n'avions de jardin. J'ai commencé à avoir le sentiment que la discussion à propos du déplantoir risquait de ne jamais se terminer. Je nous ai vus dans la peau de deux vieux, debout sur le trottoir, avec le déplantoir entre nous. J'ai passé le bras par la fenêtre du camion et j'ai pris le déplantoir. Le camion s'est éloigné du bord du trottoir. Je me suis dirigée vers la porte, mon déplantoir à la main. Et voilà, me suis-je dit. Je suis seule maintenant. J'ai regardé dans la rue pour m'en assurer. Oui.

Marque de naissance

Sur une échelle de un à dix, dix étant un accouchement, ce sera un trois.

Un trois ? Vraiment ?

Oui. C'est ce qu'ils disent.

Qu'est-ce qu'il y a d'autre, à trois ?

Eh bien, cinq, c'est théoriquement lorsqu'on se fait remettre une mâchoire disloquée.

Donc ce n'est pas à ce point-là.

Non.

Deux, c'est quoi ?

Se faire rouler sur le pied par une voiture.

Ouah, donc c'est pire que ça ?

Mais c'est vite passé.

D'accord, eh bien, je suis prête. Non – attendez ; laissez-moi placer correctement mon pull-over. C'est bon, je suis prête.

Très bien, alors allons-y.

C'est parti pour un trois.

Le laser, qui avait été décrit comme une pure lumière blanche, fut davantage comme un poing sur un comptoir, et son corps, une tasse sur ledit comptoir, qui sursauta à chaque coup. Il s'avéra que trois n'était qu'un chiffre. Il ne décrivait pas plus la douleur que l'argent ne permet de décrire les choses que l'on peut s'acheter avec. Deux mille dollars pour se faire enlever une tache de vin. Le genre de marque de naissance qui faisait sale et paraissait accidentelle, comme si cette zone rouge qui recouvrait toute la joue était le résultat de l'insouciance, de trop de plaisir. Elle parla à son corps comme on s'adresse à un animal chez le vétérinaire : Chut, ça va aller, je suis navrée, je suis absolument désolée qu'on soit obligé de t'infliger ça. Ce n'est pas inhabituel ; la plupart des gens ont le sentiment que leur corps est innocent de leurs crimes, de même que les animaux ou les plantes. Ce n'était pourtant pas un crime. Elle avait patiemment attendu, depuis l'âge de quatorze ans, que le prix de l'opération de chirurgie esthétique baisse, comme les ordinateurs. 1998 fut l'année où l'on put enfin prétendre à la perfection, les lasers devinrent accessibles au public. Oh oui, la perfection. Elle ne se serait pas donné tout ce mal, pensait-elle, si elle n'avait été ce que les gens appellent une femme « très belle, à l'exception de... » Il s'agit là d'un groupe particulier de citoyens qui vivent selon des lois particulières. Personne ne sait comment s'y prendre, avec eux. On a surtout envie de les regarder fixement, comme l'illusion d'optique du vase constitué de deux personnes de profil qui s'embrassent. Maintenant c'est un vase... maintenant ça ne peut être que deux personnes qui s'embrassent... ah, mais c'est évidemment un vase. C'est les deux ! Le monde peut-il souffrir une telle contradiction ? Et c'était encore mieux, parce que tandis que l'impression de beauté alternait à pile ou face avec une impression d'horreur, nous balancions en même temps. Nous étions plus laids qu'elle, et puis soudain nous avions la chance de ne pas être elle, mais de nouveau, sous cet angle, elle était d'une beauté insupportable. Elle était les deux à la fois, nous étions les deux à la fois, et le monde poursuivait sa ronde.

Maintenant commençait la partie de sa vie où elle était très belle, à l'exception de rien du tout. Seuls les vainqueurs connaîtront cette sensation. Vous est-il déjà arrivé d'avoir vraiment eu envie de quelque chose et de l'avoir obtenu ? Alors vous savez que gagner, c'est beaucoup de choses, mais ce n'est jamais ce que vous pensiez que ce serait. Les pauvres qui gagnent à la loterie ne deviennent pas des riches. Ils deviennent des pauvres qui ont gagné à la loterie. C'était une personne très belle à qui il manquait quelque chose de très laid. Ses gains étaient l'absence de quelque chose, et cette qualité restait en suspens autour d'elle. Il y avait un tel potentiel lorsqu'on imaginait l'ablation de la marque de naissance ; le premier imbécile venu, dans le bus, pouvait se livrer au petit jeu consistant à deviner à quel point elle serait parfaite, sans ça. Dorénavant, il n'y avait plus moyen de jouer à ce jeu, il ne subsistait plus qu'un sentiment de potentiel épuisé. Et elle n'était pas bête, elle le sentait bien. Au cours des premiers mois après l'opération chirurgicale, elle reçut de nombreux compliments, mais qui étaient toujours accompagnés d'une sorte de perte de repères.

Maintenant tu peux coiffer tes cheveux en l'air et montrer davantage ton visage.

Ouais, je vais essayer comme ça.

Attends, répète ce que tu viens de dire.

« Je vais essayer comme ça. » Quoi ?

Ton petit accent est parti.

Quel accent ?

Tu sais, la pointe d'accent norvégien.

Norvégien ?

Ta mère n'est pas norvégienne ?

Elle est de Denver.

Mais tu as un zeste d'accent, là, cette... façon de dire les choses.

Ah bon ?

Eh bien, plus maintenant, c'est parti.

Et elle ressentait une véritable sensation de perte. Même si elle savait qu'elle n'avait jamais eu d'accent. C'était la marque de naissance qui, dans sa densité, était allée jusqu'à teinter sa voix. Elle ne regrettait pas la marque de naissance, mais l'héritage norvégien lui manquait, comme lorsqu'on entend pour la première fois parler de l'existence de membres de la famille après leur mort.

L'un dans l'autre, toutefois, c'était secondaire, cela perturbait moins que l'insomnie (mais plus que les impressions de déjà-vu). Avec le temps, elle connut de plus en plus de gens qui ne l'avaient jamais connue avec la marque de naissance. Ces gens ne sentaient aucune absence obsédante, pourquoi en aurait-il été autrement ? Son mari était l'un d'eux. Il suffisait de le regarder pour en être sûr. Non pas qu'il n'aurait pas épousé une femme ayant une tache de vin. Quoique, en toute probabilité, il ne l'aurait pas épousée. C'est ce que font la plupart des gens, et ils ne s'en portent pas plus mal. Bien sûr, il arrivait parfois qu'elle croise un couple dont l'un avait une tache de vin, et l'autre aimait manifestement cette personne tachée, alors elle détestait un peu son mari. Et il le sentait.

Tu ne serais pas un peu bizarre ?

185

Non.

Si, tu es bizarre.

En fait, non. Je suis juste en train de manger ma salade.

Je les vois aussi, tu sais. Je les ai vus entrer.

Celle de la femme est pire que celle que j'avais. La mienne ne descendait pas comme ça dans le cou.

Tu veux goûter cette soupe ?

Je parie que lui, c'est un écolo. Tu ne trouves pas qu'il ressemble à un écolo ?

Tu devrais peut-être aller t'asseoir avec eux.

C'est peut-être ce que je vais faire, figure-toi.

Je ne te vois pas bouger.

Tu viens juste de finir la soupe, non ? Je croyais qu'on partageait.

Je t'en ai proposé.

Eh bien, puisque c'est ça, tu ne toucheras pas à ma salade.

Ce n'était pas grand-chose, mais c'était quelque chose, et les choses ont l'art ou bien de disparaître ou bien de grossir, or elle ne disparaissait pas. Les années passèrent. Cette chose grossit, comme un enfant, dans des proportions microscopiques, chaque jour. Et comme ils formaient une équipe, et que toutes les équipes veulent gagner, ils ajustèrent constamment leur vision, de manière à maintenir ce grossissement invisible. Sans un mot, ils s'excusèrent l'un l'autre de ne pas s'aimer autant qu'ils l'avaient prévu. Il y avait des chambres vides dans la maison ; ils avaient eu l'intention d'y mettre leur amour, et ils conjuguèrent leurs efforts pour remplir ces pièces de meubles modernes du milieu du siècle. Herman Miller, George Nelson, Charles et Ray Eames. Il ne restait presque plus de place. Au prochain mouvement brusque, le mur serait transpercé. Voici ce qui se passa. Elle essayait d'ouvrir le couvercle d'un pot de confiture neuf, en le tapant sur le plan de travail. C'est un truc bien connu, un truc de cuisine, on cogne pour arriver à ouvrir le couvercle. Ce n'est pas de la sorcellerie ni de la magie noire, c'est simplement un moyen d'évacuer la pression qu'il y a sous le couvercle. Elle eut la main trop lourde et le pot se cassa. Elle poussa un cri. En entendant le bruit, son mari accourut. Il y avait du rouge partout, et sur le coup, il vit du sang. D'une clarté hallucinatoire : vous êtes certain de ce que vous voyez. Mais l'instant d'après, la peur se dissipe et vous reprenez vos esprits ; c'était de la confiture. Partout. Elle riait, tout en ramassant les tessons de verre plantés dans la purée de fraises. Elle riait du gâchis, elle avait la tête baissée, dirigée vers le sol, ses cheveux lui faisaient comme un rideau autour de son visage. Puis elle releva la tête et lui demanda : Tu peux apporter la poubelle ?

Et cela se reproduisit. L'espace d'un instant, il crut voir une tache de vin sur sa joue. Elle était d'un rouge vif et plus importante qu'il ne l'avait jamais imaginée. Elle était plus saignante que du sang, comme du sang malade, du sang d'animal, le sang qui, pensent les racistes, coule à l'intérieur des gens des autres races : du sang qui ne devrait pas entrer en contact avec le mien. Mais l'instant d'après, ce n'était que de la confiture, il rit et lui frictionna la joue avec le torchon de la cuisine. Sa joue propre. Sa tache de vin.

Chérie.

Est-ce que tu peux aller chercher la poubelle ?

Chérie.

Quoi ?

Va regarder dans la glace.

Quoi ?

Va regarder dans la glace.

Arrête de parler comme ça. Pourquoi est-ce que tu parles comme ça ? Quoi ?

Il observait la joue de sa femme. Par réflexe, elle posa la main sur la marque et se précipita dans la salle de bains.

Elle y resta longtemps. Peut-être trente minutes. Trente minutes comme jamais vous n'en avez vécu. Elle regarda fixement la tache de vin, elle inspira, expira. Elle eut l'impression d'avoir à nouveau vingt-trois ans, mais elle en avait maintenant trente-huit. Quinze années sans, et maintenant voilà. Exactement au même endroit. Elle fit glisser le doigt sur les contours. Elle remontait jusqu'à son œil droit, débordait sur sa narine droite, s'étalait sur toute la joue jusqu'à l'oreille, et se terminait sur le maxillaire. Un rouge violacé. Elle ne pensait à rien, elle n'eut pas peur, ne fut ni déçue ni inquiète. Elle contemplait simplement la tache, comme on se regarde, quinze ans après sa propre mort. Oh, encore toi. À présent il était évident qu'elle avait toujours été là ; elle l'avait brusquement fait réapparaître. Elle plongeait son regard dans cette rougeur, inspirait, expirait, et se trouva dans une sorte de transe. Elle songea : je suis dans une sorte de transe. Elle soufflait, c'est tout. Cela dura environ vingt-cinq minutes, ce qui est très, très long quand on se contente de souffler. Généralement, on suffoque une seconde ou deux, voire une demi-seconde. Et ensuite on passe le reste de sa vie à essayer de décrire ce qui est arrivé, de retrouver l'état d'esprit. On dit : J'ai eu l'impression de ne faire rien d'autre que souffler, et on agite les bras dans le vide. Mais ce n'était pas une question de bras, et on le sait. Elle sortit de sa transe comme un avion qui décolle. Au lieu d'être à l'intérieur de la tache, elle la regardait à présent de haut. Comme un lac, la tache était de plus en plus petite, jusqu'à devenir une minuscule région perdue dans le décor. Une région que le pilote appréciait particulièrement, qu'il aimait survoler, mais sur laquelle il ne se reposerait plus jamais. Elle prit du papier toilette et se moucha.

Il se retrouva à genoux. Il l'attendait agenouillé. Il était inquiet à l'idée qu'elle ne lui laisse pas le loisir de l'aimer avec la tache. Il avait déjà décidé depuis longtemps, cela faisait déjà bien vingt ou trente minutes, que la tache ne posait pas de problème. Il ne l'avait vue qu'un bref instant, mais il s'y était déjà habitué. C'était bien. D'une certaine manière, cela leur permettait d'avoir davantage. Ils pouvaient avoir un enfant désormais, se dit-il. Il y avait un sentiment flottant dans l'air. La confiture était toujours étalée par terre, et ce n'était pas grave. Il allait juste rester où il était, agenouillé, et attendre qu'elle sorte, en espérant qu'il serait capable de lui parler avec légèreté de cette impression de flottement. Il voulait que cette sensation perdure. Il espérait que sa femme n'était pas en train de l'enlever, la tache. Il fallait qu'elle la garde, et il fallait qu'ils aient un enfant. Il l'entendit se moucher ; à présent elle était en train d'ouvrir la porte. Il allait rester à genoux, exactement comme ceci. En le voyant ainsi, elle comprendrait.

Comment raconter
des histoires aux enfants

Tom avait fait des sales trucs. Maintenant, appa-remment, c'était le retour de bâton. Il n'y avait pres-que rien à dire qui n'avait déjà été dit par tout le monde. J'ai demandé des nouvelles de sa femme.

Est-ce que Sarah est d'accord pour en parler ?

Bien sûr, mais elle est blasée. Elle s'en fout com-plètement.

C'est affreux.

Ouais.

Et l'étudiant ?

Elle ne veut pas arrêter de baiser avec lui.

Oh la vache. Merde oh la vache.

Ouais.

Et elle est au courant de tes, de tes trucs – de tes aventures ?

Non.

Nous sommes restés silencieux à siroter notre thé. À nous dire que douze ans auparavant, j'avais été un de ces « trucs ». J'ai appuyé avec le doigt sur un sachet de thé froid. Quelques minutes plus tard, nous nous sommes étreints, et chacun est parti de son côté.

Il ne m'a pas appelée pendant plusieurs semaines. Notre amitié était ainsi, nous nous faisions des confidences puis nous battions en retraite ; n'empêche, je me demandais. Je me demandais si, lors de notre dernière conversation, il ne m'avait pas tendu une perche. Pas la conversation proprement dite, mais les silences au fil de la discussion. Il y avait eu de nombreux moments de silence, comme des puits sombres, où nous avions siroté notre thé, et en y repensant, je m'imaginais poser la main sur sa main tout en m'agenouillant dans l'un de ces puits sombres. Et une fois dans le puits, pouvait-on seulement être garant de ses actes ? On pouvait peut-être rechercher du réconfort auprès d'une amie et littéralement pénétrer dans cette amie pour obtenir ce réconfort, et elle, en tant que vieille amie de longue date, pouvait peut-être procurer un réconfort particulièrement bon. C'est avec cette bonté à l'esprit que j'ai envoyé un e-mail à Tom :

Déjeuner ?

Et il a répondu : *Sarah est enceinte et nous gardons le bébé !! Je t'en dis davantage plus tard, il faut que je file. Je voulais juste être le premier à te l'annoncer. Bises, Tom.*

*

Lors de la petite fête organisée en l'honneur de la future maman, la mère de Tom, munie d'un bloc-notes, a organisé un planning, de manière à ce que chaque jour quelqu'un apporte aux jeunes parents un repas équilibré. Cela s'appelait une chaîne des repas, comme on parle de chaîne téléphonique. S'ils ne venaient pas ouvrir, me suis-je fait expliquer, je n'aurais qu'à laisser le repas devant la porte, dans le panier avec l'étiquette : *Merci, les amis !*

J'avais choisi le dernier jour possible, en espérant qu'avec le temps l'horreur ferait place à des sentiments de joie. Mais le jour venu, je n'ai rien ressenti de tel. J'ai frappé tout doucement à leur porte, dans l'espoir de laisser le repas dans le panier à l'étiquette *Merci, les amis !* sur laquelle il y avait en fait marqué *Placer repas ici*. La porte s'est immédiatement ouverte.

Deb, Dieu merci, tu es là, est-ce que tu peux la prendre ?

Et je me suis retrouvée avec le bébé dans les bras. Je suis passée devant Sarah, en larmes, qui m'a saluée d'un geste sarcastique, puis j'ai été conduite dans la pièce qui faisait office à la fois de bureau et de chambre du bébé. Tom m'a regardée et a tressailli, comme pour me présenter ses excuses, avant de refermer la porte et de me laisser seule. Il y a eu un silence, et puis :

Je n'ai pas dit ça ! J'ai dit que j'aurais pu, si j'avais voulu, parce que c'est mon corps !

Mais il y avait notre bébé dans ton corps ! Tu aurais pu lui faire mal !

Ça ne présente aucun danger, du moment que c'est un rapport sexuel sans violence.

Ah. Donc ça s'est passé.

J'ai retenu ma respiration et j'ai attiré la toute petite contre ma poitrine, comme si elle avait fait partie de moi. Il y a eu un long silence, pendant lequel j'ai imaginé que Sarah pleurait. Mais soudain, j'ai entendu sa voix, claire, sans artifice, dénuée de toute culpabilité.

Ouais.

Ouais. Et comment a été cette coucherie, si elle n'a pas été violente ?

Elle a été douce.

Ils évoluaient dans une zone sauvage qui était trop sauvage pour moi, ils vivaient avec des ours, c'étaient des ours, leurs mots fusaient entre les crocs d'animaux dangereux. J'aurais préféré ne pas assister à cette confrontation, en entendre parler de seconde main, voire de troisième main : « On s'est atrocement disputés », « J'ai entendu dire qu'ils s'étaient atrocement disputés », « Je connaissais quelqu'un qui avait connu un couple qui, au début du siècle, s'était atrocement disputé, voire se disputait régulièrement de manière atroce, cette personne que je connais n'est pas sûre, elle se rend compte aujourd'hui qu'elle ne connaissait pas vraiment le couple, il faut dire qu'il y avait une certaine ambiguïté avec le mari, mais c'est aujourd'hui de l'histoire encore plus ancienne que cette dispute atroce, qui est déjà de l'histoire ancienne. »

Tom s'est mis à hurler, et je me suis demandé si le cerveau malléable du bébé n'était pas, à ce moment précis, en train de changer de forme, en réaction aux violents stimuli. Je me suis efforcée d'intellectualiser le bruit, de manière à protéger la psyché du bébé. J'ai murmuré : C'est intéressant, n'est-ce pas, un homme qui crie ? Est-ce que ça ne tend pas à remettre en cause les stéréotypes que l'on peut avoir sur ce que les hommes sont capables de faire ? Et puis j'ai essayé : Chuuuuut.

Elle enfouissait sa tête à la recherche d'un sein, et je lui ai glissé un doigt dans la bouche. Comme elle dormait dans mes bras, je me suis rendu compte que je ne pouvais avoir que des pensées d'envergure cosmologique. J'ai réfléchi à la boule ronde du soleil, au cycle alimentaire, au temps lui-même, qui m'a paru miraculeux et poignant. Tout mon corps s'est enroulé autour d'elle. Tom et Sarah n'étaient qu'un brouhaha au loin, à la périphérie de mon épanouissement primordial, mon cœur connaissait une expansion presque douloureuse dans l'effort qu'il fournissait pour inclure leur descendante. J'ai étudié chacun de ses doigts en modèle réduit ; j'ai observé ses yeux fermés, avec leurs cils majestueux, et ce petit nez minuscule. Mais je n'arrivais pas à me souvenir de son nom J'ai contemplé son visage. Lilya ? Non, c'était quelque chose de moins innocent, une référence plus astucieuse. J'ai fixé un nounours en peluche et toute une rangée de clowns acrobates en bois sur une étagère. Lana ? Non. Les clowns se penchaient, se courbaient, et petit à petit l'image s'est imposée avec plus de netteté. Ils n'étaient pas seulement acrobatiques, ils étaient également alphabétiques, et leurs contorsions immobiles formaient le prénom : Lyon.

De tout temps il a existé des femmes qui se sont procuré leurs enfants progressivement, naturellement, en shuntant les formalités que sont la conception ou l'adoption. Pour moi, cela s'est fait de manière intuitive, mais c'était une situation déroutante pour mes petits amis.

On ne vient pas juste de la voir, Lyon ?

Pas depuis qu'elle a appris à nager avec ses brassards.

Mais est-ce qu'on peut vraiment appeler ça nager ?

Oh, allez, tu sais à quel point elle a peur de l'eau. Ça compte, c'est vachement, hyper important.

Tu ne préférerais pas qu'on dise « ça compte vachement » pour elle, et qu'on réserve le « hyper important » pour nous ? Est-ce qu'on peut faire ça ? Est-ce qu'on peut se le réserver pour quelque chose

194

de hyper vachement important qui nous arrive à nous ?

Comme quoi ?

Comme, je ne sais pas, un sentiment hyper, vachement… fort entre nous.

Oh-oh, j'ai l'impression que ça va être une longue discussion. Écoute, tu n'es pas obligé de venir. Tu n'as qu'à me déposer et repasser me prendre à quatre heures.

Elle court vers moi, couverte de centaines de gouttelettes d'eau, en maillot de bain rose et jaune à fleurs, le soleil dans les yeux, la bouche rouge ouverte, elle hurle, se jette toute mouillée contre mes jambes, elle a tellement de choses à me raconter.

J'y suis déjà allée avant mais je me tenais au rebord et ensuite, aujourd'hui ce matin, j'y suis retournée, en me tenant au rebord, mais ensuite je me suis lâchée ! Je me suis lâchée ! Et j'avais pas pied ! Et pendant neuf secondes ! Je pense que je peux tenir plus longtemps, mais j'ai été obligée de me reposer sur une serviette parce que j'étais trop fatiguée et papa a dit que tu allais venir alors j'ai attendu, j'ai attendu presque un million d'années, alors on peut y aller maintenant ? Tu as vu ma serviette ? Regarde, il y a la photo d'une ado en bikini avec un petit chien, marche pas dessus, oh tu l'as toute défaite, tu peux la remettre bien, s'il te plaît ? Ouais. On peut y aller, maintenant ? Tu peux me tenir, pour commencer ?

Nous nous sommes retrouvées toutes les deux au milieu du bassin, ses jambes enroulées autour de ma taille, un bras autour de mon cou, l'autre nous montrant le cap. Nous étions lourdes et maladroites mais aussi légères comme des plumes et gracieuses.

Tout au bout du grand bain, à l'endroit le plus profond, elle s'est agrippée à moi et a hurlé ; dans le petit bain, elle s'est lancée toute seule et s'est émerveillée de sa propre audace. Elle vérifiait toutes les deux minutes que les brassards ne se dégonflaient pas, elle appuyait dessus pour être sûre qu'ils étaient encore bien durs.

Je crois que celui-ci, il se dégonfle.

Non, c'est bon.

Tu pourrais me le regonfler un peu plus ?

Je n'ai pas envie de le faire exploser.

Tu peux le vérifier ?

C'est bon, tu vois ? Il est comme l'autre.

Elle a tâté l'autre, m'a regardée solennellement, a écarquillé les yeux, puis a sautillé sur place en poussant des hurlements et en faisant des éclaboussures tout autour d'elle. Sarah a levé les yeux de son magazine, puis s'est replongée dans sa lecture. Tom a jeté un œil depuis le patio, nos regards se sont croisés, et un court instant je me suis souvenue de cette soirée, j'étais saoule, j'avais dix-neuf ans, mon visage contre son torse, ses lèvres posées sur le dessus de mon crâne, qui murmuraient : Tu sais, j'aimerais que ce soit possible. Jamais je n'aurais imaginé qu'il puisse autant m'attirer. À présent il était le père de Lyon, et elle possédait l'audace, la chaleur et le charme malicieux que j'avais jadis cru pouvoir trouver en lui. Lyon a plongé la tête dans l'eau en laissant ses brassards flotter à la surface ; son poing brandissait en l'air un doigt de plus à chaque seconde écoulée. Un, deux, trois, quatre, cinq, l'autre bras a jailli, six, sept, huit, neuf, dix – ses bras se sont immobilisés en l'air, à chaque doigt correspondait un nombre – et puis sa frimousse, maculée de cheveux mouillés et de morve, est ressortie des profondeurs. Haletante, furieuse, elle a agité ses mains raides dans ma direction.

J'ai pas eu assez de doigts ! Ça a fait plus de dix secondes ! Tu as vu que c'était plus long ! Tu as compté ?

Treize, je crois.

Moi je crois que c'était vingt-sept, plutôt !

Tu veux apprendre à compter après dix ? Il suffit de recommencer sur la première main.

Non.

Tu retiens dix, et tu recommences à onze sur la première main.

J'ai dit non. Je veux pas savoir.

Mais comment tu feras pour compter les grands nombres ?

Quand ça dépassera dix, tu auras qu'à compter, toi.

D'accord, mais si je ne suis pas là ?

Ça l'a bien fait rigoler. Elle est promptement sortie du bassin et a couru retrouver Sarah, allongée sur une chaise longue. Elle a poussé un cri perçant, une parodie de rire qui déraille, et s'est jetée sur sa mère.

Qu'est-ce qu'il y a de si drôle ?

Deb.

Elle est drôle, hein. Une drôle de drôlesse.

Le vendredi soir c'était la « soirée sortie », ainsi nommée car c'était le soir de sortie pour Sarah et Tom, et Lyon passait la nuit chez moi. Mais comme ils restaient habituellement à se disputer à la maison, et que Lyon et moi sortions plus souvent manger et voir un film, la « soirée sortie » est devenue notre code pour le soir-où-on-se-marre-super-bien. Il ne faut pas sous-estimer la joie que peuvent s'apporter mutuellement une fillette de huit ans et une femme de presque quarante ans. Nous commencions habituellement à Miso Happy, notre restaurant japonais préféré. Nous trouvions le nom horrible, mais nous aimions les nouilles. Nous parlions de tout, y compris – mais pas seulement – de mes cheveux gris ; fallait-il que je les teigne ? Pourrais-je les teindre un par un ? Pourrais-je payer une souris équipée d'un minuscule pinceau pour qu'elle saute sur ma tête et les teigne un par un ? Et pourquoi Tom et Sarah se disputaient-ils autant ? Était-ce de la faute de Lyon ? Non, absolument pas. Pouvait-elle les empêcher de se disputer ? Là encore, non. Aussi : lui achèteraient-ils une boîte de vingt-quatre feutres couleur, et si oui, sa meilleure copine Claire serait-elle vraiment jalouse quand Lyon apporterait la boîte à l'école ? Notre réponse : très jalouse. Et pourquoi le dernier petit ami de Deb l'avait-il larguée ?

C'est moi qui l'ai largué.

Tu ne l'as peut-être pas assez embrassé avec la langue.

Je te promets que ce n'était pas ça.

Dis-moi combien de fois par jour vous vous embrassiez et je te dirai si c'était assez.

Quatre cents.

Pas assez.

S'il y avait un film pour enfants correct, nous le regardions après manger, mais généralement nous allions au cinéma où l'on pouvait voir des films en deuxième exclusivité, comme *John Mc Cabe*, *Bonnie and Clyde* ou *Propriété interdite*. Nous étions de très grandes fans de Warren Beatty. Au début, je me suis inquiétée parce qu'il y avait du sexe et de la violence dans ces films, mais Lyon a découvert qu'à partir du moment où le film était antérieur à 1986, elle pouvait le supporter. Ainsi, *Reds* n'a pas posé de problème, mais *Ishtar* l'a trop perturbée. Après le film, nous rentrions à la maison et prenions un bain dans ma baignoire, rebaptisée La Salon de Pariiis. Nous concoctions des potions en mélangeant divers shampooings que nous testions sur le dos de l'autre pour en étudier les propriétés de senteur, de mousse et d'embellissement. Nous inspections le corps de Lyon à la recherche de signes de puberté, toujours absents. (Oh oui, ils finirent par apparaître, mais des années après la fermeture de La Salon de Pariiis.) Nous dormions ensemble dans mon lit géant qui était exactement aussi large que long. Nous pouvions aussi bien nous allonger dans un sens que dans l'autre, et Lyon étudiait l'orientation à adopter ; elle tournait sur elle-même en disant : ce soiiiir nous alllllons dormiiiiir, et là, elle se jetait sur le lit, comme ça ! Elle restait immobile, pour bien montrer l'axe, tandis que je déplaçais les oreillers en fonction de notre nouveau nord. Nous lisions les passages d'un très vieux livre intitulé *Comment raconter des histoires aux enfants, et Quelques histoires à raconter*. Lyon s'ennuyait avec le banal « *Billy Beg et sa balle* » et « *Le Renard et le Bœuf* », mais elle adorait que je lui lise le chapitre intitulé « L'humeur du raconteur – quelques principes sur la méthode, la manière et la voix, du point de vue psychologique ». Et ensuite nous dormions. Emboîtée comme deux petites cuillers, tout d'abord, puis, comme Lyon irradiait une chaleur incommodante, dos à dos.

À l'âge de neuf ans, elle habitait chez moi trois ou quatre jours par semaine, et Tom et Sarah dormaient eux-mêmes la plupart du temps chez d'autres personnes. Parfois, dans un moment d'exultation hystérique, Tom me proposait de faire connaissance avec sa petite copine du moment.

C'est juste qu'elle est splendide, et je pense que tu apprécieras.

Euh, merci, mais c'est bon.

Ah. Tu es jalouse ?

Non.

Mais tu l'aurais été quand nous étions plus jeunes.

Probablement.

En tout cas, Sarah, elle, est jalouse, c'est sûr. Est-ce qu'au moins tu veux voir une photo ?

Non.

Qu'est-ce que tu en penses ? Elle n'est pas parfaite ?

Si.

Tu veux garder la photo ?

Qu'est-ce que j'en ferais ?

Je ne sais pas. Tu pourrais la mettre sur ton réfrigérateur.

Je n'aimerais pas trop que Lyon la voie.

Oh, elle l'a déjà rencontrée.

À dix ans, Lyon est entrée dans une phase spirituelle. Aucun de nous trois n'était religieux, aussi s'est-elle inspirée de sources diverses. Elle a appelé ça les Pléiades, une combinaison perpétuellement en évolution de la Mythologie, d'Anne Frank, de ce qu'elle pouvait glaner auprès de sa copine Claire qui allait à l'école du dimanche et portait un crucifix. Elle pouvait ajouter et soustraire des rituels à son gré ; certains jours étaient des Jours d'Obscurité, et elle me demandait ou bien de me couvrir le visage d'un voile ou bien de ne pas l'approcher. Le jour anniversaire de Mlle Frank, nous pleurions, et celle qui n'arrivait pas à pleurer spontanément avait la possibilité de confier à voix basse, à la dernière page du livre, toutes les mauvaises choses que nous avions faites, la page juste avant qu'ils soient découverts par les SS. Les Pléiades puisaient l'essentiel de leur force dans leur capacité à ranimer un sentiment de culpabilité. Lyon portait un pendentif à l'effigie de Gaïa en argent – qui m'avait appartenu et dont je ne voulais plus – qui, de manière abstraite, figurait un vagin, ce dont elle n'avait pas conscience, le plus bizarre étant qu'elle faisait semblant de détester avoir à le porter. Lorsque Claire se plaignait d'être obligée de porter au cou cette « espèce de vieille croix idiote », Lyon lui répondait :

M'en parle pas, moi, mes parents m'obligent à porter ce machin.

Qu'est-ce que c'est ?

C'est pour notre religion.

Vous êtes juifs ?

Non, c'est vraiment compliqué. Tiens, que je te montre, enlève ton tee-shirt.

Qu'est-ce que tu vas faire ?

Juste te toucher le dos avec mon collier.

Ah, ça. Ce n'est pas religieux. Ma mère me le fait avec le bout des ongles, on appelle ça des gratouillis de dos.

Des gratouillis de dos ?

Ouais.

Elle te touche le dos comme ça ?

Ouais.

Sans vouloir te vexer, je te préviens, il est possible que ta mère soit une perverse.

Non, c'est pas une perverse.

Les gratouillis de dos, ça s'appelle en fait des préliminaires, et c'est pour te mettre dans l'ambiance.

Quelle ambiance ?

Quand on s'abandonne avec insouciance.

Ce soir-là, au lit, Lyon m'a tendu le pendentif à l'effigie de Gaïa. Les gratouillis de dos n'ont jamais été directement affiliés aux Pléiades, mais je lui en ai fait religieusement pendant des années, je tenais le collier dans une main pour faire balancier puis, quand la main fatiguait, je prenais le collier dans l'autre.

Les Pléiades ont eu le réel pouvoir de durer ; à douze ans, Lyon n'avait toujours pas changé de confession. Elle avait renoncé au pendentif et aux rituels les plus familiers pour adopter une série de pratiques plus mystiques, comme certains Juifs approfondissent leur foi avec la Kabbale. Un soir, elle a soigneusement déchiré trois draps à fleurs en larges bandes et m'a demandé de l'emmailloter comme une momie pour célébrer le Jour du Hourra, qui était comme le Noël des Pléiades.

Serre plus fort.

Je crois qu'on ne peut pas serrer plus fort.

D'accord. Merci.

Elle est restée allongée les bras immobilisés, inerte, à regarder le plafond.

Et si tu as besoin de faire pipi ?

Je ferai ici.

D'accord.

Bon. Bonne nuit, Deb.

Bonne nuit. Je te souhaite un joyeux Jour du Hourra. Hourra !

Hourra.

Au milieu de la nuit, j'ai été réveillée par ses cris, ce qui était à prévoir, je veux dire, bon sang, elle devait être drôlement mal à l'aise. J'ai défait les bandelettes imbibées de pipi, pendant qu'elle sanglotait à en tousser.

J'ai cru que j'allais mourir.

Ma foi, je n'aurais jamais dû te laisser faire.

Ne dis pas ça !

Mais regarde-toi, ma chérie, tu es morte de froid, tu es contrariée et tu pleures.

C'est ça, la cérémonie ! La cérémonie doit se terminer comme ça !

D'accord, bon, très bien. Hourra.

Hourra ! Moi ça va !

À l'automne 2003, j'ai rencontré un homme du nom de Ed Borger. Nous l'avons tous rencontré, en fait, nous quatre avions rendez-vous une fois par semaine avec Ed Borger, le psy chargé de la thérapie familiale. C'est l'année où Lyon a eu de graves allergies, une année difficile où je me suis entièrement occupée d'elle. Le psy, c'était une idée de Tom ; je pense qu'il espérait que ce professionnel extérieur serait sidéré par la confusion générale qui régnait chez nous, et ferait porter le chapeau à Sarah, la maman. Mais Ed n'a pas été déboussolé ; en fait, il a suggéré que cette dynamique nous avait été bénéfique à tous. À sa façon de le dire, j'ai senti que cette dynamique était en train d'évoluer, qu'elle poursuivait son évolution et serait peut-être utile à une autre famille désorientée. Et nous allions nous retrouver dépourvus de toute dynamique : quatre personnes seules n'éprouvant plus que des sentiments erronés les uns pour les autres.

Les premières séances, Lyon et moi étions en terrain connu : nous avons observé Tom et Sarah s'entre-tuer, puis se relever d'entre les morts pour s'aimer, jusqu'à ce que chacun en ait marre de l'autre. Lyon m'a regardée en levant les yeux au ciel et a même tenté d'articuler en silence : On ira se manger une glace au yaourt, après, d'accord ? que j'ai fait mine d'ignorer, par respect pour Ed Borger. À mon avis, honnêtement, Ed était un homme formidable. Je payais ma part – un tiers des 150 dollars – et j'avais envie d'être transformée par lui. Au bout d'un certain temps, Lyon et moi avons été invitées à parler davantage. Lyon a prononcé un discours délicieusement égocentrique, dans lequel elle a énuméré ses besoins émotionnels.

J'ai besoin de paix, de tranquillité, et non pas de disputes, quand je fais mes devoirs et quand je dors. J'ai besoin d'un cartable JanSport.

Trésor, ce n'est pas vraiment un besoin émotionnel.

J'ai besoin d'une maman qui la boucle et qui me laisse terminer ma liste, parce que pour qui se prend-elle, à décider de ce qu'est un besoin émotionnel et de ce qui l'est pas. J'ai besoin de dormir chez Deb quand j'en ai envie.

Là, Ed lui a gentiment demandé :

Est-ce que tu préfères habiter chez Deborah ?

Oui, mais ma maman n'aime pas.

(La maman ouvre la bouche puis la referme.)

Pourquoi penses-tu qu'elle n'aime pas ?

Parce que, vous savez, Deb et mon père.

(Ma main gauche se cramponne à ma main droite ; Tom regarde par terre.)

Qu'est-ce qu'il y a, à propos de Deb et ton père ?

Vous savez.

Non, je ne sais pas. Est-ce que tu te sens suffisamment à l'aise pour dire ce que tu as en tête ?

Avant ils étaient mariés. C'est pour ça que Deb est, comment dire, mon autre mère.

(Tom s'étouffe, Sarah pouffe, je parle.)

Nous n'avons jamais été mariés, nous sommes juste des amis ! Des amis de toujours.

Ah. Mais alors en ce qui concerne...

Quoi ?

Ah, je ne sais pas. Je croyais... Je ne sais pas. Eh bien, merci à tout le monde de me le dire. Maintenant je me sens toute bête.

Et là, nous sommes tous intervenus en même temps pour dire à la fillette qu'elle n'était pas bête, qu'elle était le contraire de bête, qu'elle était lucide et sensible, voire extralucide. Peut-être se rappelait-elle quelque chose d'une vie antérieure ? Nous avons rigolé : elle savait peut-être quelque chose que nous ignorions ! C'était peut-être pour cela que nous étions si bons amis dans cette vie ! Ed Borger nous a observés avec une sorte de distance, manifestement il ne croyait pas à toutes ces salades, mais pour autant il ne portait pas de jugement, il regardait la dynamique qui permettait à chacun de s'y retrouver une fois encore, encore juste une fois, je vous en supplie.

Le jour où Ed Borger a fini par m'obliger à prendre la parole c'était juste avant mes règles, et je pense que c'est pour cette raison que je n'ai pas parlé. À la place, j'ai pleuré, dans différentes tonalités et à diverses vitesses, usant de mon vagissement pour décrire un sentiment de malaise qui nous a tous étonnés. Après la séance, mes trois proches m'ont serrée dans leurs bras, et à l'intérieur de cet enchevêtrement, je me suis sentie à l'abri. Lyon m'a tenu la main, et Tom a demandé si j'avais envie d'exprimer mes sentiments. J'ai levé la tête, je l'ai regardé, j'ai regardé son enfant et, pendant une fraction de seconde, j'ai vu dans quel sortilège j'étais embobinée, comme un fil d'araignée attrapant la lumière. Un fil qu'on m'avait lancé dessus il y avait bien longtemps, à une époque où je rêvais d'être prise au piège, cela s'étendait à présent sur plusieurs générations. Sarah m'a frictionné le dos de sa paume glacée, la vision a disparu, et j'ai senti avec certitude que je n'avais rien à dire.

Cela faisait un mois entier que nous allions voir Ed, nous en étions presque à cinq séances, et nous avions tous le sentiment qu'il nous avait beaucoup aidés, nous étions prêts à arrêter la thérapie familiale. Certains d'entre nous (Sarah) étaient prêts à arrêter avant même que nous commencions, mais maintenant il y avait consensus ; il faut dire aussi que les graves allergies de Lyon avaient disparu.

Quand Lyon avait eu les yeux et la peau rouges et enflammés, Sarah avait été encline à dire des choses comme : C'est ta façon de réclamer de l'attention ? Des allergies ? Tu n'as pas trouvé mieux ? Ed a appris à Lyon à dire : Maman, j'ai besoin que tu t'occupes de moi, et Sarah devait répondre sans crier. Elles avaient éprouvé la technique dans mon séjour ; Lyon a dit sa réplique à la perfection, et Sarah a parfaitement réussi à adopter le ton gentil, mais elle s'est un peu écartée du texte original lorsqu'elle a répondu : Dis-moi comment je peux t'aider ma petite fille, ma grande petite fille, tu veux vraiment que je parle comme ça ? Tu n'as pas l'impression que je te parle comme à un bébé ?

Par conséquent, peut-être était-ce une forme de légitime défense si, l'été qui a suivi sa première année de lycée, le corps de préadolescente typique de Lyon s'est métamorphosé en un corps de femme plutôt superbe, non moins typique. Cette élégante réponse en forme de derrière en goutte d'eau m'a paru excellente ; je n'aurais moi-même pas trouvé mieux.

Ed avait également suggéré que nous revenions à la garde partagée, si bien que Lyon, à contrecœur, a commencé à coucher chez ses parents deux soirs par semaine. J'avais du mal à savoir quoi faire de ma peau, ces soirs-là. Je n'étais pas habituée à dormir seule, même si cela faisait belle lurette que j'avais arrêté d'avoir des petits copains. La première nuit, je la passais habituellement à faire le ménage, mais la deuxième, je tournais en rond. Au bout d'un certain temps, j'ai appris à faire le ménage plus lentement, de façon à occuper agréablement deux soirées, lesquelles étaient toujours ponctuées d'un coup de fil de Lyon.

Maman est sortie avec Juan, et papa est dans le garage, au téléphone.

Qu'est-ce que tu fais ?

Je ne sais pas, je vais peut-être appeler Kevin, lui demander de venir me lécher.

Lyon.

Quoi ? Je lui ai parlé aujourd'hui.

Non, tu ne lui as pas parlé.

Si, en travaux pratiques.

Qu'est-ce qui s'est passé ?

Il a dit...

C'est lui qui a pris l'initiative de te parler ? C'est bien.

Je sais.

D'accord, vas-y.

Il a dit : Je parie que tu as déjà lu tout le livre.

Mon Antonia ?

Ouais. Et j'ai dit : Non, j'ai pas terminé les pages d'hier soir. Et c'est tout.

C'est bien. Il te prend pour une fille intelligente.

Je sais. Je vais me masturber en pensant à lui, maintenant.

D'accord, fais ça.

Je plaisante ! Tu crois que si je m'apprêtais à le faire, je t'en parlerais ?

Lorsque j'ai rencontré par hasard Ed Borger à Trader Joe's, Lyon n'habitait plus chez moi que la moitié de la semaine. Ed et moi avons abordé le sujet, nos miches de pain à la main. Il a trouvé que c'était un grand progrès. J'ai dit que c'était à lui que nous le devions. Il a dit que son pain moisissait toujours avant qu'il ait le temps de le terminer. J'ai dit que pour éviter ce problème, il fallait le congeler. Il a demandé : Le pain ne se détériore pas ? J'ai dit : pas si c'est pour faire des toasts. Il a dit : On peut le faire griller quand il est encore congelé ? Et j'ai dit : Ouaip.

Nous avons rangé nos courses dans nos voitures respectives et j'ai estimé que nous avions environ quarante minutes avant que nos denrées périssables périssent, bref, juste le temps de boire un thé.

À l'époque de nos séances de thérapie familiale, j'avais pris l'habitude de rêvasser, je me demandais ce qui se serait passé si Ed avait voulu savoir ce que *moi* je pensais, si le reste de la famille n'avait pas eu le droit d'entrer dans la pièce, si j'avais pu simplement parler, parler, parler et si, une fois mon discours terminé, Ed m'avait dit que j'étais un génie et les autres une bande de dingues, si Ed m'avait ensuite dit qu'il avait toujours été attiré par moi, s'il m'avait déshabillée et si moi je l'avais déshabillé, et si nous étions restés ensemble plus ou moins pour le restant de nos vies. Je dois reconnaître que j'avais cette idée derrière la tête tandis que nous sirotions notre thé. Nous avons surtout parlé de Lyon.

Je pense qu'elle deviendra un jour une femme formidable.

Elle l'est déjà presque ! Elle a beaucoup grandi depuis la dernière fois que vous l'avez vue.

Elle est plus grande ?

Ouais. Et plus développée.

Développée.

Ouais. Ce qui semble avoir calmé ses allergies. Vous pensez que c'est possible ? Au plan médical ?

Ma foi, tout est possible, au plan médical.

C'est ce que je ressens, moi aussi.

Que voulez-vous dire ?

Que tout est possible.

Eh bien, pas tout. Les porcs ne peuvent pas voler.

Ouais, mais allez savoir pourquoi, le fait d'être assise ici, avec vous, j'ai le sentiment que ce serait possible.

Possible ?

Qu'ils volent.

Ah.

Je suis désolée, je suis ridicule, hein ?

Non, non, pas du tout, non.

Ed Borger a placé ses yaourts dans mon réfrigérateur en me demandant de lui faire penser à les récupérer avant de partir. Lyon était chez ses parents, mais il y avait des vêtements à elle partout sur le lit. Je les ai ramassés et les ai posés sur la coiffeuse. J'ai éteint la lumière, nous ne nous sommes pas déshabillés l'un l'autre, chacun a enlevé ses vêtements. Avant que nous fassions quoi que ce soit, Ed a demandé s'il avait la permission de pleurer, et j'ai dit : permission accordée, et il a fourré son visage entre mes seins et s'est mis à gémir. Quand il a eu fini, j'ai remarqué qu'il n'avait pas la figure mouillée.

C'est parce que je pleure des larmes sèches.

Ah. C'est un terme qui existe vraiment ? Larmes sèches ?

Ma foi, j'ai une théorie comme quoi les hommes, en fait, ne pleurent pas moins que les femmes, c'est juste qu'ils s'y prennent différemment. Comme nous n'avons jamais vu nos pères pleurer, nous sommes tous obligés de nous inventer une méthode qui nous soit propre.

Moi, mon père pleurait.

Ah bon ? Avec des larmes ?

Ouais. Tout le temps.

Est-il possible que son père *à lui* ait pleuré ? Et l'ait ainsi transmis à son fils ?

Euh, peut-être, mais aussi ma mère a eu une aventure qui a duré seize ans.

Je suis allée dans la salle de bains, et je me suis lavé le vagin. Je me suis arrêtée dans le couloir avant de retourner dans la chambre ; je l'ai vu à genoux sur mon grand lit carré, il regardait la lampe d'un air farouche. Il était en train d'amener son pénis à l'érection en l'étranglant des deux mains. Il était facile de le revoir installé dans son fauteuil, dans son bureau, à observer, à hocher la tête, à émettre son rire difficile à déclencher. Et là, dans l'obscurité du couloir, j'ai décidé que c'était ce que je voulais. Si vous voulez être mon homme pour la vie, alors je serai votre femme, Ed Borger. Il a soudain interrompu ses furieux mouvements de main et s'est tourné vers moi dans le noir. Comme s'il m'avait entendue, comme pour répondre à mon vœu. Je lui ai fait signe de la main. Mais ce n'était pas moi qu'il regardait, il regardait derrière moi. J'ai su, avant même de me retourner, que c'était Lyon.

Cinq interactions atroces ont immédiatement suivi cet instant ; la cinquième étant que je l'ai ramenée en voiture chez ses parents. Lyon a refusé de s'asseoir à côté de moi sur le siège passager.

Pourquoi je m'assoirais là ?

Parce que si tu te mets sur la banquette arrière, j'ai l'impression d'être un chauffeur.

Mais tu es un chauffeur.

Lyon.

Quoi ? Dans le fond, t'es pas un chauffeur baby-sitter ? C'est pas pour ça que mes parents te payent ?

Tu sais parfaitement qu'ils ne me payent pas.

Eh bien ça, c'est ton problème, pas le mien.

Lyon, on est une famille.

Non, en fait, tu n'as aucun lien de parenté avec nous, tu es juste quelqu'un qui nous a aidés, comme Ed nous a aidés à un moment donné. C'est vraiment parfait que vous baisiez tous les deux. Tout le personnel rémunéré devrait baiser ensemble. Moi je suis pour. Nous sommes tous pour.

Je t'en supplie, n'en parle pas à Sarah et Tom.

C'est ça.

C'est ça, tu n'en parleras pas ou c'est ça, tu en parleras ?

C'est ça, point.

Mais elle n'en a pas parlé. Elle n'est également plus jamais revenue dormir à la maison. Elle m'a traitée comme une amie de ses parents, elle passait devant nous trois en trombe avec son petit ami, en criant : Salut, la compagnie ! ponctué d'un geste de la main. Ce changement a été noyé au milieu de tout un tas de changements, le permis de conduire, le sarcasme perpétuel, le féminisme. Tom et Sarah m'ont assuré qu'elle les ignorait, eux aussi, que nous étions tous dans le même bateau, que dans le fond les choses restaient relativement identiques. Mais je savais bien. C'était de ma faute, cette évolution vers une plus grande autonomie ; tout avait été déclenché par un seul événement très précis. J'étais écrasée de culpabilité ; c'était le genre de chose dont j'aurais vraiment dû parler à un psy. À certains moments, j'ai envisagé d'appeler Ed, en tant que professionnel. Mais aurait-il une vision extérieure objective ? Non. Plus je réfléchissais à son manque d'objectivité, plus j'avais envie de l'appeler.

Dr Borger.

Bonjour, Ed, c'est Deb.

Deb, bonjour.

Euh, eh bien, ça fait un bail qu'on n'a pas discuté.

Qu'est-ce qui te préoccupe ?

Euh, tu ne m'as jamais rappelée après ce fameux jour.

Je n'ai pas jugé opportun de poursuivre une relation, après ce qui s'était passé.

Lyon ne vient même plus dormir chez moi, donc de toute façon elle ne serait même pas au courant.

Est-ce qu'elle te manque ?

Ouais, bien sûr.

Donc cela n'a même pas vraiment de rapport avec moi, si ?

Eh bien, d'une certaine manière, si. Tu as été impliqué.

Mais je me dis que tu procèdes peut-être à un déplacement de ton désir pour Lyon sur moi.

Tu crois ?

Je me dis que peut-être.

Ah.

Deb ?

Ouais ?

Je déteste faire ça, mais il va falloir que je te rappelle quand je ne serai plus au bureau. Veux-tu que je te rappelle ?

Est-ce que toi tu veux ?

Si tu veux, alors je veux.

Mais si je ne veux pas que tu appelles, toi ça t'est complètement égal de ne pas m'appeler ?

Je pense que ce serait sans doute la meilleure solution que nous en restions là.

*

En toute inélégance, et sans mon consentement, le temps a passé. Les rapports que j'entretenais avec Tom et Sarah se sont calés sur les grandes occasions : j'ai été invitée à la remise des diplômes, quand Lyon a eu son bac ; à l'anniversaire de Tom ; au dîner de Thanksgiving ; au réveillon de Noël. L'année de son entrée à l'université, Lyon n'est pas revenue à la maison pour Noël, mais elle nous a envoyé à tous les trois des sweat-shirts UBC, de l'Université de Colombie-Britannique, à Okanagan. Elle est allée plus vite et plus loin que je ne l'aurais cru possible ; pourquoi aller à la fac au Canada ? Pressée par les contraintes financières, elle est revenue pour les vacances d'été, a vécu chez elle, et a trouvé un boulot dans une coopérative agricole bio, tenue et autogérée par des lesbiennes. Je suis allée y faire mes courses plus souvent que nécessaire, mais je ne lui ai pas demandé si je lui manquais, je n'ai rien fait pour qu'on se retrouve, je me suis efforcée de discuter de choses sans importance.

Je suis bien contente de voir que vous avez des pêches Saturne.

C'est pas moi qu'il faut remercier ; ce ne sont pas les miennes.

Euh, enfin techniquement, si. C'est bien un lieu autogéré, ici, non ?

Si, mais il faut travailler ici un peu plus qu'un été et bouffer la chatte de la gérante ou je sais pas quoi. Tu veux un sac ?

Je me suis inscrite à l'association Parents, Familles et Amis des Lesbiennes et des Gay. J'ai acheté des livres écrits pour et par des lesbiennes et par les parents étonnés qui soutenaient leurs rejetons. J'espérais que la communauté d'Okanagan était tolérante vis-à-vis de son mode de vie, et je l'ai imaginée le bras autour de la taille d'une jeune femme, peut-être une jeune femme hommasse. Je m'étais renseignée, par des lectures, sur la dynamique de la figure féminine et de la figure masculine au sein des couples lesbiens, et j'étais sûre que Lyon incarnerait la figure féminine. Je me suis demandée si Tom et Sarah étaient au courant des préférences de Lyon ; à mon avis, non, car ils étaient encore très accaparés par leurs propres histoires. Ils badinaient certainement moins qu'avant, mais une certaine amertume avait remplacé l'excitation fébrile d'antan ; le passé semblait aujourd'hui presque synonyme d'insouciance. En décembre, Tom m'a invitée au réveillon de Noël.

Lyon sera là. Elle rentre à la maison.

Ah, génial.

Et elle a un nouveau petit ami. Tu vas devenir dingue, quand tu vas le rencontrer.

J'ai quitté l'association, et j'ai passé les quelques jours suivants dans un état d'émerveillement larmoyant. Je ne savais rien d'elle. C'était vraiment fini, et je n'étais vraiment pas sa mère. Je n'étais vraiment plus loin de la cinquantaine. Et rien de tout cela ne me plaisait vraiment. Il n'y avait vraiment rien que je puisse y faire. Sans que je sache trop pourquoi, le fait de perdre le lesbianisme, la petite copine masculine, le besoin de tolérance était pire que la perte de Lyon elle-même, des années plus tôt. Ou, plus probablement, c'était l'ancien chagrin, mais je l'éprouvais d'une nouvelle façon.

Je suis arrivée en retard. Lyon n'était même pas là ; Tom et Sarah ont dit qu'elle arriverait pour le dessert. J'ai discuté avec leurs autres amis, dont certains que je connaissais de l'époque de la fac. Je me suis émerveillée de la nature distendue de leur relation avec Lyon. Un type pensait qu'elle était encore au lycée. Au moment où nous allions passer à table, la sonnette a retenti. Quelqu'un en doudoune bouffante est entré en manquant de trébucher, tout en dénouant son écharpe. C'était Ed Borger. Il a salué de la main et annoncé : Lyon arrive, elle termine un coup de fil.

Ces mots m'ont quelque peu échappé, car toute mon attention était accaparée par la chemise de Ed. C'était une sorte particulière de chemise de soirée moderne, la réplique d'une chemise de soirée qui aurait eu du succès dans les années soixante, mais avait été modifiée de manière à plaire aux gens qui ne pouvaient pas se souvenir des années soixante. D'où le problème, car Ed Borger *aurait pu* se souvenir des années soixante, il aurait pu se souvenir de son adolescence durant les années soixante, et il aurait évité une chemise de ce genre, qu'il n'aurait pas trouvée rétro, elle lui aurait simplement rappelé l'époque où il n'était pas encore tout à fait installé. Par conséquent, quelqu'un d'autre avait dû penser à cette chemise pour lui, quelqu'un qui ne pouvait se souvenir des années soixante. J'ai été momentanément distraite par Lyon qui a fait son entrée, sa main a gentiment frotté le dos de Ed tandis qu'elle disait bonjour. Tom a servi un verre de vin à Ed.

Alors, comment vont les affaires, ça marche la thérapie familiale, Ed ?

Je ne peux pas me plaindre, Tom.

Nous avons mangé tranquillement, tous autant que nous étions, ceux d'entre nous qui connaissaient Ed, et ceux d'entre nous qui sentaient juste qu'il y avait une drôle d'ambiance dans la pièce.

Je suppose que c'est vrai, que réellement, tu ne *peux pas* te plaindre.

Nous avons mangé notre ragoût de patates douces, notre gratin de pommes de terre et notre rôti de porc.

Que dis-tu, Tom ?

Ed a posé la main sur celle de Lyon ; nous avons tous regardé Tom. Tom a regardé Lyon ; nous avons tous fait pareil. Elle fixait intensément Sarah, qui a lentement relevé la tête pour considérer sa fille. Et là, en souplesse, Lyon a enlevé sa main qui se trouvait sous celle de Ed et m'a passé les pommes de terre, alors que je n'avais pas demandé de pommes de terre. J'ai pris le plat, mais elle ne l'a pas lâché, et nous l'avons tenu un moment ensemble, il a plané au-dessus de la table du dîner de ses parents. Mes yeux se sont lentement écartés du plat pour se poser sur le devant de son chemisier, sur ses yeux. Que craignais-je d'y trouver ? De la méchanceté et de la jubilation malveillante ? De la sournoiserie ? De la honte ? Ils étincelaient de cet ancien amour, le plus grand amour de ma vie, et ils brillaient d'une lueur de triomphe.

Remerciements

J'aimerais remercier chacune des personnes suivantes, qui m'ont aidée à faire ce livre : Fiona Maazel, Rick Moody, Nan Graham, Sarah Chalfant et Mike Mills.

Table

Stéphanie Polack
Route Royale

« Un choc. Pompiers. Flics. Allez, hop ! garde-à-vue. Bon, c'est après que ça a dégénéré. Le véritable accident, celui qui m'a coûté six mois de liberté, il a eu lieu après. »

Constance a vingt et un ans. Quand elle sort de prison, elle est seule.
Entre convalescence amoureuse et virées en voiture, sa rédemption est celle d'une insoumise.

« Ce road movie intérieur est l'histoire d'une renaissance. »
LE MAGAZINE LITTÉRAIRE

« Cru, parfaitement aiguisé, libre et inconvenant. »
TÉLÉRAMA

« Un premier roman à cran duquel se dégage un charme frondeur et brutal. »
LES INROCKUPTIBLES

JL 8875

Lola Lafon
De ça je me console

« Je revenais d'une fuite immense, en vérité je m'étais soustraite à ce qu'on me présentait comme la vraie vie. J'étais allé chercher la Nuit, j'avais dérivé et traversé la terre. J'allais à tâtons, trouvais des extraits d'étincelles inoubliables, des choses vraiment bien. Alors il fallait les noter, Ne Pas Oublier. »

Emylina est en quête. une quête pour la liberté de vivre « autrement », loin de ce monde qu'elle déteste, peuplé de ces « Presque Morts affolés d'être encore vivants » de sa génération dont elle se sent si différente...

« Lola Lafon démontre une nouvelle fois l'originalité de son talent. »

FRANÇOIS BOURBOULON • MÉTRO

« De ça je me console est un roman poétique, léger et drôle, mais les mots bien trempés dans leur moteur à merde, ce qui fait qu'à part être poétique, ça reste une bonne claque dans la gueule. »

VIRGINIE DESPENTES • TECHNIKART

JL 8843

Chloé Delaume
J'habite dans la télévision

« Ce que nous vendons à Coca-Cola, c'est du temps de cerveau disponible. »

Chloé Delaume décide de prendre au mot le fameux propos de Patrick Le Lay et se met en condition pour comprendre comment se fabrique cette disponibilité temporelle et cérébrale. Nuit et jour, elle s'étudie elle-même en train de se soumettre à l'afflux de messages publicitaires en ingurgitant le maximum de programmes de divertissement. Peu à peu, sa perception se modifie, son corps change, son cerveau devient une éponge absorbant et rejetant le langage du petit écran. Chloé Delaume finit par disparaître : elle habite désormais à l'intérieur de la télévision, victime consentante et lucide.

« C'est l'une des voix les plus originales de la littérature française. »

LE MONDE

JL 8856

J'AI LU

8915

Composition
NORD COMPO

Achevé d'imprimer en Espagne
par **LITOGRAFIA ROSÉS**
le 15 mars 2009.

Dépôt légal mars 2009.
EAN 9782290014981

EDITIONS J'AI LU
87, quai Panhard-et-Levassor, 75013 Paris

Diffusion France et étranger : Flammarion